傅勤 著

我这样长大

文汇出版社

1. 那时候真年轻，年轻得忘记了是几岁。那时就家有二猫。它们很配合。
是在西江湾路 229 弄的家里。

2. 这大概是我比较真实的长大后的状态：大部分情况下，木讷、呆板，
神情略显尴尬又似面无表情。或者说，不像哭，也不像在笑。

―

2

1. 1995 年 1 月《橡胶大王传奇》一书出版，新闻发布会上，宗洲师在发言。

2.《橡胶大王传奇》新闻发布会上，宗洲师为读者签名。照片下的文字，是他的笔迹。

宗洲为读者签名，右为杜丰威。

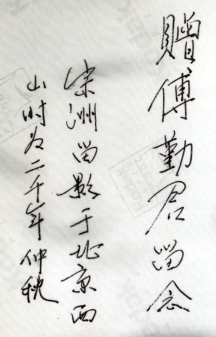

赠傅勤君留念
宗洲留影于北京西
山时为二千年仲秋

　　一天，我去看宗洲师，他刚从北京回来，北京一家出版社和他谈一部长篇小说的出版事宜。他递给我这张照片，说，这张照片送给你，我后头写了字。我很有些吃惊：伊送我照片做啥？但我不敢问。他又说，谈了事情后，去了西山，拍了这张照片。我依旧没说什么。"伊送我照片做啥"这句话一直萦绕在我心头。——三年后，宗洲师去世，我蓦然想到，他有预感吗？但那时他身体还蛮好啊！

　　这是他送我的唯一一张照片。现在就放在我的书架上，有时，我感觉他一直护佑着我，激励着我前行。

2024.12.17.

2020 年 4 月 19 日，我去见陈永志老师。陈老师赠我一册新书《温故六记——人的自由发展与"文学是人学"》（在此基础上，陈老师又写了《走近钱谷融文学思想——"现实的人及其历史发展"与"文学是人学"》）。我当夜读完前言及附录，至凌晨一点三十五分，至 5 月 4 日凌晨两点二十分读完全书。

附录部分，如《钱谷融先生致陈永志的书信》（九封）、《我的恩师钱谷融先生》《在钱谷融先生陵前》等文字，让我兴趣盎然，很是感动、喜爱。至于正文部分，由于我的理论底子差，看了半懂不懂。但还是看完了。我圈划了一堆，写了很多的疑问。想当面向他请教。

那是段特殊的时期，11 月 11 日，我很快又见到了陈老师。拿问题请教于他。陈老师一一解答。他旁征博引，有些如醍醐灌顶，有些我依然愚钝不解。我惊讶于他记忆惊人，所知广博。但我不敢多问。一则怕问题太傻，二则怕陈老师说多了，身体不适。临行前，请陈老师在书的扉页上，写几句话。于是，陈老师写了下面的话：

"这六篇笔记，是为自己写的，写给自己看的。总有不周全之处。故请几位朋友指教，也寄烦傅勤老师。今日，傅老师来舍下，交换意见，并要我写几句话。我自当遵命，并以此感谢傅老师的指正。

傅勤老师留念

陈永志

二〇二〇年十一月十一日

话语里，满是对晚辈的爱护。我常说的是，陈老师的著作，我实在不能领会其万一。所以何来"指教""交换意见"。于我，更像是听了一堂课。内心只有敬佩与感激。

照片是陈老师在题写上面这段话。

陈老师微笑着听我胡言乱语，更多的是包容和理解。

　　这是原虹口医院对面的同济里。这里有保存完整的石库门建筑群，始建于1925年。据说是20世纪30年代附近几家学校和医院的教师、医生们的公寓。弄堂里，曾建有里弄的图书馆。十岁左右，我曾到这里来借过书。这条路也曾叫同济路，后改为同心路。同济路现位于宝山区陆境东部。

　　2024年这里已拆迁。照片拍摄于2024年12月24日。大约一月前，住在这里的人已全部搬走。

几年前，在一次旅游途中。

四五年前，我与老黎在学校的操场上。

2019 年 11 月，肉包（布偶猫）来到我家，隔一年，肉松（蓝猫）也来到了我家。于是，家里多了两只猫。每天，我下班回家，开了门，肉包、肉松一定在门口"喵喵"迎接；上班出门，两猫必到门口默默相送。其实，两猫时常打闹，偶尔才有照片里其乐融融的画面。

　　很多事不可理解：像我这样小时候调皮捣蛋的孩子，还有安静的时候：生病或看书的时候；像我这样之前喜爱打乒乓的人，在十岁遇到足球后，会爱上足球。没有什么太多的理由，看书时，我的好奇心得到了满足，踢球时，我内心感到快乐。感谢这些爱好，让并不快乐的生活里，有了些乐趣。

　　这是数年前踢球的照片。

几年前，旅游途中所摄。

这是傅星先生赠我的画。他说，这画适合挂在家里。

别操心，老兄……你一辈子走的就是这条路。

——（美）欧内斯特·海明威

他十分认真地写作，想当作家。

——（美）葛曲露德·斯坦因

序

　　傅勤兄拿来他的随笔集《我这样长大》要我作序，但我不是名人，写序不可能为作品增色，况且，傅勤兄年轻时就发表作品，多年来又时有随笔见诸报刊，实在无需我来为之鼓吹，但傅勤兄一味坚持，且为照顾我视力不济，将书稿另行打印，字体放大、加黑，如此细心周到，我也只有勉力为之了。

　　读毕全稿，鲜明的印象是真实、真诚。傅勤兄善于发掘生活小事的意义。文章无论长短，都是由一些小事集合而成，但因其意义统一而显得完整，单篇如此，全书也是如此，因为这一件件小事、一篇篇文章都共同奔向一个目标：我这样长大，都共同书写作者从调皮的少年，转变为勤读书、爱写作的青年，再成长为为人师、为人父的壮年。这随笔集是作者写自己成长的自传随笔集。

　　写自己的成长，自然要直面其间的不足、过错、挫折、愧悔，要直面其间的督责、引导、关爱、扶持，要写出这一切，真实、真诚就成为自传随笔的第一个要求。对此，作者是做到了，《我这样长大》是一本真诚的书。与此相应的，就是文字。作者的笔下，没有惊人之语、夸饰之言，罕见热烈的抒情与议论，只是朴素的简洁的叙述，在叙述中，自有深切的感情流露。这集子也因而好读且感人。

　　作为自传性散文，作者写了父亲的严厉督责与温情呵护，写了师长的期望、引导与鼓励，写了同事、朋友的职业美德以及和自己的亲密相处，写了不期而遇的美好的凡人小事，写了书籍给予的丰富知识与人生智慧。在这些描述中，作者不仅赞美人的善良与高尚，不仅赞美一切美好的人性与人情，而且更深入地写出这些生活中的美，如何滋润自己的心灵、陶冶自己的情操、丰富自己的知识、提高自己的精神境界、启发自己理解人生。就这样，作者通过一件件小事，写出自己对于如何为人处世的感受、感动、感悟。这感悟，不单纯是理性的，同时也是感性的，是思想与情感的融合，是思想融化于情感中，是情感中闪耀着思想之光。这感悟，是作者的生命。

壮年时期的作者，回眸往事，为我们描写了他生命旅程中一个个印痕清晰的脚印，向我们诉说了他生命旅程中催他奋进、引发他万千感慨而难以忘怀的情景，展示他生命的不断展开、丰富。这些，让我们懂得：人要积极发展，就要勇敢地直面自己，弥补自己的不足，愧悔自己的过失，并努力感受、接受生活中一切美的人和事，珍惜、发扬一切美的人性、人情。我想，这应该是作者在这本真诚的书中所要说的，所要告诉读者的。

我视力不济，无法反复阅读书稿，只能写这几句肤浅的体会——我相信读者一定会有超越于我的理解——实不足以为序，就作为对这真诚的书的出版，向傅勤兄的真挚祝贺！

陈永志

2024 年 11 月 3 日

盼望春天

——代自序

这几天，一直在下雨。今天早起，忽然发现家门前的无花果树，只剩下了几根树枝，孤零零地直戳天空。一阵风吹来，它们微微地颤动着。地上有几片被打落的树叶，湿湿地贴在地上。我想，冬天大概真的来了。

我们很容易地会说："假如冬天来了，春天还会远吗？"但是，我想：只有熬过冬天的人，才会看到灿烂的春天。春天并不会微笑地向我们走来，而是，我们必须努力地、坚毅地向她走去。

十八九岁的时候，我时常感到一种忧郁，心里苦闷得很。我喜欢把这种感受记下来。后来，我知道，那是年轻人的"病"。当时，我曾听某位名人说过大意是这样的话：二十岁的时候，他是怎样地憎恨生活，甚至想到了自杀，但随着年龄的增长，他越发感觉到了生活的美好，原先幼稚的情感跑得无影无踪了。那时的我很不理解。

现在，我想：他说的是有道理的，这是一种境界，我们每个人都期待的。为此我一直不断地努力着，我相信她就在不远的前方——那美丽的春天啊！她知道我是怎样地盼望着她啊！

2001.12.10.

附言

文字还是有着"青春病"。

我是那种比较会喊口号的人。如"为此我一直不断地努力着"这样的话。我努力吗？我所谓的努力，实在是间歇性的。而大把大把的时间，都被我踢球、喝酒、搓麻将，还有很多无聊的事，消耗掉了。但我竟然有勇气说出这样的话。也蛮好笑的。其实，只能说，我曾经有过这样的想法。

另外，现在的我不再忧郁了吗？或者说，快乐吗？不知道。但我晓得，要得多的人不会快乐！

偶然找到这篇短文，觉得放在这本书的前面还是适合的，就拿来用一下，也就不在意其中的幼稚了。

2024.12.1.

目录

第一辑　爸爸

第二辑　师友

第四辑 读书

第一辑　爸爸

爸爸实在是个不聪明的人。他把自己的生活搞得一团糟，晚年的生活尤其不堪。但我还是很想念他，想到他的愚蠢，想到他的善良，想到他给予我的教育，常常泪流不止……

爸爸的一生

我的爸爸叫傅式之。他生于 1931 年农历正月十五。我记事起,单位里的人就叫他"老傅"。他写信时,常署名"伯彦"。

他去世的那天下午,大哥打电话给我,说:"爸爸不行了,你快到医院来!"那天,我肩胛疼痛,正在医院拔火罐。接了电话,忙叫医生拿掉火罐,赶过去。一路上,我的心情似乎很平静。从小到大,我还没有失去至亲家人的经历。我不知道,没有了爸爸,我会那么难过。

赶到医院时,爸爸已经静静地躺在那里了。我站了一会儿,就走出了病房,来到医院门口的一棵大树下,流起了泪来。我很伤心。这时,天色已经暗了下来。

我的阿爷,也就是爷爷,是一个乡下教师,宁波镇海县上傅村人,这里都是姓傅的人家。每次我眼前出现阿爷的画面,是电影里穿长衫,走在田间的一个年轻人的样子,远处有几处房屋,面容是没有的。

等我做了老师后,爸爸说:"你做老师,爸爸也蛮开心的。"

爸爸三岁时,阿爷就去世了,原本小康的家庭中落了。之后,阿娘去了上海,帮人做娘姨。他们四兄妹,就由外婆领养。一次,外婆去井边打水,不知是路滑还是水打多了,一跤跌在水井旁,血流满面,几个孩子围上来,她抱着孩子大哭,孩子们也大哭。

孩子在外，外婆最怕人家骂"爷娘死掉，没人教训啊"。每逢过年过节，族里聚餐，爸爸是长子，临行前，外婆常把他拉到面前，叮嘱说："只许吃面前的小菜，不可站起来，伸长手，乱撺乱吃……吃只吃一顿，讲要让人家讲一年了！"外婆说着说着，又流下泪来。

十六岁时，爸爸到上海斜桥附近的一爿南货店"学生意"。这是那时宁波人到上海常走的一条路。当时，爸爸的梦想是，先做账房先生，有了钞票，自己也开一爿小店。但是，1949年5月，上海解放了，南货店关门，爸爸失业了。

1950年2月6日，十二点二十五分到下午一点五十三分，国民党十七架巨型轰炸机四批次地轰炸上海，人员伤亡1448人，房屋毁坏1180间，全市供电量从二十五万千瓦，下降至四千千瓦。这是书里记载的。爸爸常提起这次轰炸，那天，他从瓦砾里爬出来。后来，他告诉我说："房子都坍掉了，一塌糊涂，很多人压死、炸死，爸爸是捡了一条命！"所以，他一直认为他这一生会运气很好。

那时，上海刚刚解放，人心惶惶，工厂纷纷关门歇业，于是一家人全都失业。爸爸就写信给市长陈毅，没过两个礼拜，政府真的派人来了解情况，工作就分派下来了。先是皮鞋厂的工作，爸爸推说身体不好，让小阿姐去了，她文化程度不高，寻不到工作。不久工作又分派下来，大学里做后勤，爸爸就让我的叔叔去。最后一次派下来，是上海警备区后勤部的杂务工作，爸爸去了。

后勤部的工作，是打扫走廊、办公室。爸爸每天来来回回地看，看到走廊上痰盂罐里有脏东西，就马上去倒掉，洗干净。办公室也是扫了又扫。两周后的一天，管理员说："老傅，你把组织关系转过来吧。"爸爸一头雾水，问："啥？啥组织关系？"管理员说："党组织关系呀！"爸爸说："我连团员也不是，哪能会是党员！"这事，爸爸不知讲了多少次，说得常会笑起来："管理员要我打入党报告，我只能先去问你阿娘。"

阿娘讲："你等我死掉了，再打报告。"

爸爸说，阿娘在解放前，亲眼看到国民党沿街杀共产党，怕。

小时候，我常翻爸爸的语文书，当时叫《文学》，书是用泛黄的牛皮纸包着的，封面整齐写着"文学"两字，翻开书页，上面记着密密麻麻的笔记，字迹工整，划线一律用尺。

在后勤部，爸爸读业余初中、夜高中、夜大学。爸爸是个读书花死力气的人。我至今保存着他的一本化学笔记本，本子上没一笔是潦草的。爸爸有点得意地讲，有一次化学测验，班级其他同学都没及格，就他考了一百分。老师说："题目蛮难，但是为啥，傅式之可以考一百分？"

爸爸二十三岁才初中毕业，三十岁大学毕业，这年，他结了婚。

去年还是前年的国庆节，爸爸穿着褪色的淡蓝色中山装，在我面前坐着干着什么事，像是自言自语，又像是在对我说："这件衣裳是结婚时穿的，我是国庆节结的婚，每年到这个辰光，拿出来穿穿，也是纪念。"

不过，妈妈常说的是："我才不要嫁给他呢！都是你们外婆讲，说他是宁波人，同乡人，人也老实！——我最不要看他这副样子！"

我经常看到爸爸妈妈吵架。妈妈又哭又叫，爸爸总是无奈地劝说，一脸苦相。

我家共有三个孩子。大哥之前的 1962 年，有一夭折的哥哥。一年后，大哥出生；又一年半，二哥出生；再四年，我来到这个世界。

那时的生活状况，只是吃饱而已。爸爸每月发了工资，第一件事，就是去西江湾路的虹口区第二粮店买米。爸爸说："这是阿娘讲的，米买好，这个月就定心了——有三个小人，五张嘴巴要吃饭。菜还不要紧，饭不好不让孩子吃饱。"我六七岁时，爸爸常带我去米店。装好一百斤的米，他把白色米袋往肩上一扛，搀着我的手，健步往家走去。

小时候，我多病，一次，半夜我突然发高烧。家里没钱，爸爸去敲院子里一个平时蛮要好的同事的门，向他借五元钱，说是带孩子看病，发工资就还。

"啊？平时我炒一只小菜，也要吃两顿，啥地方有钞票啊！"说完，那同事便啪地关了门。

爸爸后来讲，这同事是有钞票的，就是觉得我穷，怕我不还。

"讲起来，眼泪也要落出来。"说完这件事，爸爸沉着脸，总要拖上一句这样的话。

我小时候唯一买过的玩具，是一把能打出"啪啪"声响的铁皮枪。那是我五六岁的时候，因扁桃体开刀，人小不能用麻药，于是，爸爸就说："听话，不要哭，开完刀，爸爸给你买把枪。"

因为父母都是部队里的，还有，受了电影里"双枪李向阳"的影响，我小时候的梦想，就是长大当一名解放军战士。解放军战士当然需要一把"啪啪"开得响的枪。受了枪的诱惑，我笑着进了手术室。等我出来时，早已哭得不成样子了。爸爸抱着我，笑着说："医生抱你进去，没多少辰光，就听到你在里面哭了……"

大约在我上学前，我们家搬到了院里的 6 号 102 室，房子从原先的两小间，变成了两小间、一大间——我们家的房子，是爸爸单位里分的部队宿舍（不知道什么时候，爸爸从后勤部调到了它下属的一个工程队）。

一天，叔叔到家里来，转了一圈，说："房子么住得那么大，房间里家具没几件！"

叔叔走了，爸爸说："讲这种话！还是自己弟弟噢……"

之后，爸爸和妈妈平整出门前一大块的水门汀，又过了一两年，爸爸买木头，请同事到家里来，做了一套家具，有大橱、五斗橱、装饰橱、写字台等。我不知道他们是怎么省出钱来的——那时爸爸工资六十块钱不到，妈妈是三十块整。

家里依旧是困难的。那时，逢年过节妈妈乡下偶有亲戚到上海，来我家时，会捉两只鸡送来。家里舍不得吃，就把它们养着，最多时，家里会有三四只鸡。母鸡开始生蛋，几只鸡一天里，会生两三个蛋，爸爸用红笔在蛋上写日期，以便按先后吃。但是记忆里，不曾记得有畅快吃的时候。天热了，鸡要随地拉屎，所以城市不准养鸡，居委会派人上门来捉，爸爸总是一拖再拖，才逐一把它们杀了。

但，即便如此，爸爸给我买书，却还大方。小学五年级时，同学间彼此交换着，每人今天一本、明天一本地流转着。因为每册间，多少还有些关联，而每天借到的书，都是随机的，我常常看得内容连贯不起来，偶尔还会因抢看一本书，与同学争执起来。

一个星期天的上午，我小心地跟爸爸说："爸爸，我想买套《三国演义》的连环画。"

爸爸沉默了片刻，板着脸说："你作业做得好，爸爸下午陪你去买。"

那时，新华书店里的人真多。爸爸背着手，挤在柜台前看，我没跟紧，被人流挤了两下，便和爸爸挤散了。我四处寻找。柜台前里三层外三层，像是在抢购紧俏商品。我人小，看不到爸爸在哪里，就低头看柜台前人们的鞋子——爸爸一年四季穿单位里发的军用胶鞋，裤子也是发的旧军裤。正在我寻找时，突然，有人拍了拍我，我回头一看，是爸爸。原来爸爸已经挤到柜台的另一边去了。

爸爸说："我看过了，爸爸帮你买一套大人看的《三国演义》吧！小人书有啥看头呢！"

我点头答应了。

从四川路新华书店往回走的时候，我兴奋极了。拿着厚厚两本书，特意将书的封面朝外。走到同心路时，恰遇一个同学在马路对面玩。见我和爸爸走在一起，也不敢叫我，见我拿了书，就笑着竖起三个手指，嘴里不出声地做出"三国啊"的口型。我笑着点点头。

但到家后，爸爸宣布：平时，不允许看这类闲书。两本书暂且由他保管，等放假了才能看。上交前，爸爸破例让我看了一回《长坂坡赵云救主》。

之后，爸爸还给我买过《说唐》《杨家府演义》《说岳全传》等书。

等到我上初中，大哥去读大学了，因为有了助学金，不需要家里再给他钱了，家里的负担才稍稍减轻了些。但家里的钱仍旧紧张。每天吃过晚饭，爸爸让我到餐桌上做作业，他总是拿出一本小本子，记下这一天的开支，面前，放着一把红黑色的算盘，常"滴滴笃笃"地打。我翻过这本子，上面每页都划了表格，家里每项开支，都有列项及一定数目，月末、年末都有开支总数，一年一本。

一旁纳着鞋底的妈妈，这时候就会起身说："'滴滴笃笃'一天到夜不晓得算点啥，算算钞票又不会多出来的。——我听到这声音心里就烦！"

那时，我因贪玩，还有想吃学校食堂的饭菜，就和爸爸说，要在学校吃饭。爸爸不同意。每天中午，常是我、二哥和爸爸在家吃。中午只有一个小时的休息时间，爸爸从单位走回家，再快也要五六分钟。还要热饭、热菜，很是紧张。

"老傅走路比脚踏车还快。"爸爸的同事那时曾这样说过他。

爸爸总能在十二点钟前准备好午饭。因为，我们学校放学是十一点三刻，赶回家时，饥肠辘辘的我们总能听着十二点钟开始的"小喇叭"广播节目，开始吃饭。

菜常常是前一天剩下的一两个素菜，实在没菜时，爸爸会在食堂里花一角两分买只菜底大肉。因为妈妈喜欢吃肉皮，他要我们把肉皮留下来，晚上给妈妈吃，剩下的肉，我和二哥分，他吃些青菜和汤汁。他说把肉皮留下来时，神情和语气总是很严肃。——在我的印象里，爸爸一直很严肃。

不过，我记得有一次，爸爸讲："爸爸不要吃啦，剩点给爸爸吃。"

这两年里，爸爸曾几次和我讲起，七十年代，他们单位会餐，他乱吃的事情。爸爸单位是部队，一直保留着逢年过节会餐的习惯。他说，一大盆红烧肉上来，我一点点、一点点吃，一直吃到胃胀得吃不落了，才停，胃胀哪能办，就到马路上去走一圈。说这话时，爸爸也觉得有点不好意思。

我读高中时，二哥去读技校了，又过一年，大哥上班了，家里的经济状况才真正地好转起来。这当然是我很多年后，才想到的。这年的国庆节，吃午饭时，我看到饭桌上，又有猪脚爪汤，又有红烧肉，感到有些奇怪。

现在，我有些明白了爸爸为什么那么严肃。其实，爸爸这一生过得并不快乐。或者说，并不像他认为的运气那么好。很多年前，爸爸的一个徒弟问他，师傅，侬面孔哪能一直板着的！是不是有啥不开心！爸爸说："我又看不出自家面孔是啥样子，我又不晓得我面孔是一直板着的。"

爸爸没有空闲的时候。每天买菜、烧饭，操持家务，还要辅导我们的学习。妈妈当然也没闲着，洗衣服，做鞋子，绣花，过年时，三兄弟每人一件的新衣服，就是妈妈亲手做出来的。

更糟糕的是，我们三个孩子身体都不太好。二哥小时候生"腰子病"，吃了很多年的中药，家里没钱，爸爸把乡下的房子卖掉两间。中药很苦，每天爸爸把药煎好，第一碗吃过后，剩下的倒在一个小热水瓶里。有时，二哥顽皮，忘记吃药了，两顿药并成一顿吃，二哥苦不堪言。爸爸说，"啥人叫你忘记的！这药是钞票买来的，——你毛病不想好了是吗！"

最让我们眼馋的，是二哥吃河鲫鱼汤。肾病也算是富贵病，要补充营养。爸爸就常常买河鲫鱼烧汤给二哥吃。但这病又不能吃盐，清汤寡水，估计这鱼和汤味道不会好，也可能吃得厌了，二哥每次都像吃药似的，皱着眉头吃。一次，二哥喝了汤，吃了半条鱼，实在吃不下去了，坐在那里半天，半条鱼还在那里。我在边上看得，真想上去说，让我来吃吧。但爸爸就在外间的灶披间。这时，二哥向我招招手，示意我去帮忙吃。我高兴地正要端起那碗，爸爸进来了：

"还没吃好啊！快吃！——限你五分钟里吃光！"

于是，他站在边上，边骂，边看着二哥把鱼吃得只剩下骨头，连一滴汤也不剩。

我站在边上一响也不敢响。

一次，大哥胃出血，至今我还记得，爸爸陪大哥吊好盐水，从医院里走出来的那个画面：大哥笑着走在前面，爸爸跟在后面，手上拿着东西。我问爸爸大哥的毛病好了吗，爸爸说："血是止住了。"

1980 年，大哥考大学。已经发录取通知书了，这天上午十点半左右，爸爸从单位里回来了，我们兄弟三人正在和隔壁邻居的孩子打牌。爸爸板着脸，手背在后面，对大哥说："你进来！"我跟在大哥身后，不知发生了什么事。走进房里的爸爸，此时早已拿好了扫帚柄，说："手伸出来！"大哥说："做啥？"爸爸说："上海的大学通知都发完了，你到现在通知还没拿到！你不要到外地去了！"大哥说："没有，通知已经来了，刚刚同学来过了，说通知已经在学校了，是上海工业大学。"听了这话，爸爸放下了扫帚。

那时的上海人，以去外地为苦，即便是上大学，爸爸也舍不得大哥离开上海。

其实，三个孩子里，我才是最不让他省心的一个，被打得最多。小学里，班主任经常派同学上门告状，作业不是不做，就是瞎做，上课还讲废话，做小动作。还有一次，放学后，和同学扔砖头，砸了同学的头，缝了五针。爸爸煞费苦心，读两年级时，为我准备了一本"傅勤在校情况联系簿"，请老师记下我每天的情况，想以此来约束我的行为，但基本没什么作用。

翻看我至今保留的三本联系簿，我看到了爸爸的苦恼。他在 1976 年 4 月 14 日这天，写给老师的话里这样写道：

× 老师：
傅勤在校增添了您不少麻烦，深感歉意。
最近，由于勤在校表现不好，我们已教育数次，狠狠打过三次。

我们也分析其原因，为什么越管得紧，效果越背道而驰。在家表现较好，也较听话。是否因在家太严，来校自由而忘乎所以。

我们也想人小易忘，所以，想叫二哥傅严，下课经常去看看弟弟，提醒勤牢记遵守纪律。

每到星期六下午不上学，爸爸就把我叫到他工作的漆匠间做功课。他做一会儿事，就进到我写字的房间来看看我，每当他认为我字写得不好时，就站到我身后，半蹲着，把着我的手，边一笔一画地教我写字，边嘴里说着："横，撇，捺，要铁笔银钩。"这时，我心里真的很害怕。爸爸脾气不好，而我的愚笨，常常令他生气，爸爸的麻栗子会随时敲到我头上来。那时，我想，大哥二哥为什么不到这里来做作业呢？

小学毕业前的最后一堂课是语文课，不知什么事，我又坐不住了，被老师呵斥着，赶出了教室。站在走廊里，我突然看到，爸爸急急地走了过来，我心里害怕极了。爸爸板着脸，说："你怎么最后一节课还被老师赶出来啊！"——其实，这天他是来接我放学的。怕早放学，我又跑出去玩了。

"傅勤，爸爸放在这里的钞票，你拿过吗？"一天，爸爸蹲在家里的橱柜前，转身问我。

爸爸平时叫我"勤"或者"阿囡"，当然，我害怕他当着同学的面这样叫我。但当他叫我名字时，那一定有什么事发生了。

"要命！终于发现了。"当时，我这样想。读初中时，因为学校不许踢球，我和同学常翻墙到一所小学去踢球。小学门口有卖鸡蛋饼，还有撒了细糖的软糕。我很想吃，但我没有零花钱。

那天中午，爸爸去上班了，我东寻西翻时，忽然看到爸爸放在橱柜里的三块钱。我几乎没有什么犹豫，就抽了一张。我至今不知道，爸爸要在这橱柜的垫纸下面放三块钱干什么，是为了遇到事情应应急？当天下午，我就买了鸡蛋饼，一毛钱五张。薄薄的，黄黄的，脆脆的，比我的手掌大一点。我还分了两张给同学。之后，我隔几天就去买包鱼皮花生，或者桃板，还有乱七八糟的零食。过了大概一个月的"富翁"生活。

"没……没……"我想混过去。

爸爸立起来，手上拿着两张一块钱的票子，眼睛瞪着：

"不是你还有谁啊！"

结果可想而知，我挨了一顿打。我想，那时他大概要被我气疯了。之后，我还拿家里的粮票出去卖，又被发觉。一次，爸爸发急了，他正在烧菜，我不知又犯了什么错，爸爸突然拿了菜刀，从灶披间冲过来，对我大哥说：

"阿威，我杀掉他好哦！"

那时候，爸爸对我说得最多的一句话就是："勤，你到什么时候才能变好啊！"

讲到我，爸爸露出笑容来的画面，印象深刻的有这样一次：读高中时，他带我去他单位洗澡，遇到同事，同事看着我，笑着说："老傅，这就是你讲的，欢喜踢足球的小儿子啊。"爸爸笑了笑，说："老欢喜的。"我诧异着爸爸的神情，响也不敢响。

1986年，我参加高考，考场是一所我没去过的学校。爸爸就先去摸了路，乘车怎么走，多少时间，骑车怎么去，还画了去学校的图。最后说："最好不要骑车去，万一路上有什么事，就耽误考试了。乘车么，路上还可以看看书。"我嫌他烦，没怎么理他。

我考进了师范。那天，爸爸下班走进家门，就对我说："勤，走，爸爸帮你买只手表去。人大了，手表总归要一只的。"于是，我们来到四川路上的大西洋钟表店，买了我的第一块手表。那天，我还要爸爸给我买了一双皮鞋。当然，也是我的第一双皮鞋，黑色的，猪皮，十八块。

我刚工作的几年里，爸爸和我说得最多的是，早点到办公室去，地扫一扫，热水瓶水去泡好。他说："年纪轻，多做点不要紧的。睡一觉，力气又会生出来的。"

后来几年里，三个孩子都工作了，都忙着自己的事，然后结婚，生子，生活的重心偏离了原来的家庭。虽然，我住在爸爸对面的那幢房子里，但我几乎没怎么关注到爸爸的生活情况。结婚九年后，我搬了新居。那天，我和搬场公司的人忙碌着，爸爸也来帮忙，他似乎在扫地，经过我面前时，他并不看我，低头而过时，像是自言自语，又像是在对我说："你今天搬场，爸爸昨天夜里眼泪水也落过了。"我一怔。此时，他已从我身边走了过去……

爸爸就这样不善于表达。

现在，有时我会这样想：其实，自从有了家庭，有了孩子，爸爸的梦想就是把这个家庭弄得好些，把三个孩子养大。难啊！他曾经对我说："当你们小的时候，我想，等你们读书了，我好省力点；等你们读书了，又想，等你们出道了，我负担就好轻一点；现在你们都大了，小人也有了，爸爸也老了……"

是的，现在，爸爸把我们三个孩子都安顿好之后，却自己走了。这是多么悲痛的事啊！

爸爸在单位里，也过得并不如意。

在很长时间里，他是单位里唯一的大学生。但五十岁前，他过得并不好，一会儿被调到办公室去，没多久，又被调下去做工人。自我懂事起，去爸爸厂里，他就一直在漆匠间里做油漆工。那时，他是漆匠间里最年长的了，其余的人都是他的徒弟，可见，已做了蛮长时间了。也由于做漆匠，他的手变得异常粗糙，指甲变形，灰掉，皮肤裂开，每到冬天，常常要贴很多橡皮胶。

一次，还是我很小的时候，那天我已睡觉了，突然被一阵大声说话声吵醒，我听到爸爸大声地说："指导员，你来看，你到我家里来翻好了，你看有吗！"接着，是拉扯的声音。一个粗粗的说普通话的人，说道："老傅，我相信你的，他们是在瞎讲！"

长大了，我想，要搞掉爸爸，是最容易的事：他为人耿直，不善与人交往，更不善拍领导马屁，下面没有人支持他，上面更没有人提携他。

五十岁以后，他调到计划科搞预算，终于算是专业对口了——爸爸大学读的是会计。一次，爸爸领我到他办公室去，指着墙上挂着的一块黑板叫我看。只见上面书写端正，表格划得清清楚楚。我一看那字，就晓得是爸爸写的。爸爸说："爸爸写之前，每支粉笔都削过的，写了不满意就擦掉，直到满意为止。——写写一会儿的时间，黑板是天天挂在这里的。"

看到我作业马虎，他常说的是："爸爸算账，一分钱也不好让它错的！"

后来，爸爸担任副科长，似乎又有了政治上的积极性，他打了入党报告。恰遇上单位加工资，名额有限，但爸爸认为他就是那个应加最高级别工资的人。领导摆不平，就让支部书记来做他的工作。爸爸讲："我跟单位里任何一个人比，年龄、业务、工作态度、工作量……啥人比我好，我就让给他！"

支部书记沉默了片刻，说："老傅，你的入党申请书还在我这里呢！"

爸爸马上回答道："那你把入党申请书还给我！"

后来，工资是加给他了，但，爸爸终于还是没有入党。

其实，他是最好管理的下属，只要领导赏识他些，讲他两句好话，人家叫他干什么，他都会去干。那时，讲军地两用人才，领导叫他搞油漆工培训，他编讲义、刻蜡纸，既做校长，又做教导主任，又做师傅，连搞两期。这些都是正常工作之外的额外工作。那些教材，他至今保留着。晚年，他常常要向我们说起这段经历。

退休后，爸爸在单位下属的一个公司做财务。

在我三十岁的时候，爸爸说，我小儿子都三十岁了，我不想做了。于是他开始了真正的退休生活。

其实，爸爸是个很无趣的人。我觉得他这一生并没有什么特别的爱好。他给我讲过，他学生意时，跟人家去看关公戏，他讲，关公一出场，神气得不得了。但，我也没觉得他特别喜欢看京戏，倒是有段时间常常陪着妈妈去看绍兴戏。五十多岁时，跟单位里去九华山旅游了一次，回来后说："没啥意思，啥地方也没上海好；啥地方也没家里好！"以后，他什么地方也不再去了。退休前，爸爸常说，退休后，爸爸要好好读点书，《三国》《水浒》。但退休后，爸爸也就随手看些感兴趣的书，失去了正式读书时的那种目标，他的读书也就失去了动力。他每天做的，除了家务外，就是坐在写字台前，抄抄划划，抄些划些书报上看来的，他认为有价值的句子。唯一可能的爱好，就是逛吉买盛超市，买些东西回来；逛虹口公园门口的地摊，买些便宜货回来。

2004 年 4 月，爸爸在家门口做操，摔了一跤，左大腿骨折，开刀；2011 年 1 月，爸爸在家里，又摔了一跤，右大腿骨折，又开一刀；2012 年 1 月，爸爸胃出血，三厘米的溃疡，再去医院施手术。

我常想，爸爸幼年动荡的经历，在他的人生中，留下了深深的印痕。晚年，他常常有种被迫害的妄想症。那次开刀后，回到家里，躺在窗下的床上，见了我，他支起身子，紧张地说："窗门关紧！外头全是人，要进来了！要进来了！还趴在窗门上，勤，看到吗，勤，看到吗……"

这样的事情让我震惊、害怕和难过。

清醒时，爸爸跟我说："我现在活着，还不如死了好，爸爸是活一天苦一天……"

那时候，我去看他，一见面，他就会说，爸爸有很多话要跟你讲了。讲了两句，他又会觉得忘记要讲什么了。临走，他总要拄着拐杖，颤颤巍巍地走到厕所的窗口处，因为从这里可以看到我骑车经过的身影。看到我，就探着头，前倾着身子，半举着手，喊："车子踏慢点！慢点！当心点！"

去年夏天，我去看他，坐在大门口说了一个多小时的话，爸爸说："我如果死了，不要花费钞票，骨灰扔掉算了，坟也没意思，除了立立（立立是我儿子），三个儿子晓得，还有啥人晓得呢！"

我不知道说什么好。

2013 年 1 月 7 日，下午三点左右，爸爸走完了他的一生。七点多时，殡葬车载着他走了。一直到追悼会的那天，爸爸才又出现。有时，我想，爸爸这几天不知道在干些什么，在哪里。盖上棺盖的时候，二哥叫我再看看爸爸。我摇摇手。因为，我知道，爸爸永远在我心里。

追悼会后的那个晚上，临睡前，妻对我说："我好像觉得你爸爸并没有走。"

我想到，看完家人写的悼词后，我加上的一句话："他是一个善良的人。"是的，爸爸是个有点戆的善良的人。

2013.8.24.

发表于 2014 年 4 月《上海文学》

2014 年第六期《散文选刊》转载

华语文学网转发

爸爸的最后时光

那天晚上，不记得是爸爸第一次还是第二次骨折住院，护工打来电话，说，你爸爸在搞事，你快过来。我带着怨气，开车赶到医院。已是九点多了，病房里灯已关了，走廊上的光亮透进来，爸爸看见我，就左臂支起身子，半侧着身，说：

"勤，我钥匙没带，你帮我去拿来。"

我第一次碰到这种事，有些茫然，黑暗里，俯身说：

"你住在医院里，要钥匙干什么？"

一来一去，爸爸生气了，"啪"打了我一个耳光：

"去拿哦？我没钥匙怎么办？你要我死给你看啊！"

后来，我不知道怎么劝他躺下，不再要钥匙了。离开时，我根本没有想到，他精神状态发生了问题。一直到他去世，我都不知道这种夏天正常、冬天发作的间歇性精神疾病，名称是什么。

稍后几天，爸爸开刀。我上完课，四点多赶到医院，爸爸已经开好刀了，刚刚从手术室推出来，躺在转运床上。我上前去，叫：

"爸爸，爸爸。"

昏睡的爸爸，勉力睁开眼睛，含糊地说：

"啥人啊？"

我探近头去，大声说了名字。

"勤啊，噢，爸爸没事体，你回去吧！"他口齿不清，眼睛也没有完全睁开。

我如遇大赦一样，说：

"好的，我过两天来看你。"

说完，逃似的走了。

这是我当时真实的想法，我不能把自己伪装成孝顺的样子。

他住院的时候，我总是隔两三天去一次，待半小时、三刻钟。爸爸清醒的时候，总是叫我回去，我总是送点钱或东西给护工，仿佛自我安慰，已经尽了责任。我不知道爸爸对我的态度是怎样。但，他不大责备我来得少，待的时间短。只一次，大概是他去世前一年，我不记得多久没去，三四天？当我再次走进西江湾路的家时，他骂我：

"你升官啦？升到中央去啦？"

我无言以对，只得胡言乱语地搪塞。

我对他说得最多的就是，要吃什么，我给你买啊。有一次，妈妈说：

"他哪里是想你！是想你买的吃的东西！"

爸爸去世，我翻到他写的东西，他写了这样一句话："不要儿子买东西吃！"

两次骨折后，爸爸胃出血。起初症状并不严重。那天晚上，我去爸爸那里，临走前，他在水斗边刷牙，说：

"这两天爸爸吐血。"

"不要是牙齿出血！"我想走，有些心不在焉。

一般爸爸去医院看病，从来不告诉我。六十多岁时，他患前列腺肥大，开刀，我甚至不知道他什么时候住的院，什么时候动的手术。记忆里只有他从医院里走出来的印象。健康的，仿佛什么也没发生过——那时，我二十一二岁。

记忆里的爸爸总是强壮的，总是在家里忙碌的样子：买菜、烧菜、做饭……然后，飞也似的赶去单位。

年纪大了，他喜欢讲自己有什么什么病，并记在本子上。他常说自己有十八种病。我听听也就过去了。这次，我也并没有在意。

没过几天，他进了医院。诊断的结果是胃出血。放寒假了，学校组织全体教师去外地活动，临行前，我有些不放心，去了医院。这是家二甲医院。爸爸面朝墙壁，侧躺在床上，精神有些萎靡。护士说，医生找家属有事。于是，我去见了主管医生。

"我最好的药都用了，但是血止不住。"医生是戴了眼镜的中年人，"这样下去会有生命危险。"

"怎么会的？"我有些奇怪，但很平静。

"老先生是胃溃疡导致出血，但出血面积较大，止不住。我们医院已经没有办法了。据我晓得，上海只有两家医院有这技术，动个小手术，可以用特殊的胶水，把这个溃疡点补起来。——但要尽快转医院。"

我有点束手无策，人马上要走，爸爸又要立刻转医院。这时，我想起过去和我同办公室、关系较好的退休教师，她儿子在医生说的那家医院，担任麻醉师。于是，我打了她的电话，她说，儿子在做手术，电话没打通。但要我放心，会联系上的。

我要走了，和爸爸告了别。爸爸坐在床上，轻轻地说：

"我不管，我总归听你们三兄弟的。"

神情有些沮丧，又那么淡然。

现在，我想起爸爸说的这句话，常会这样想：爸爸这样信任我们兄弟三人，但我们都做了些什么啊！

老教师联系上了儿子，安排妥了医院的一切。之后，我一直在打电话，我联系了妻，把同事儿子的电话给她，让她联系，再打电话给大哥。

我在外地得知了爸爸进医院、开刀等都很顺利的消息：同事的儿子很帮忙，虽然转院去的时候，已过了下班的时间，医生仍然坚持等着，做完这个手术才离开。很多年过去，我对这位同事依然心存感激，是她，救了爸爸一命！让他又多活了一年多！

但也听到了，在这过程中，妻与大哥与妈妈的种种不快。还有，麻醉过后，爸爸精神状态又发生了大问题。

现在，我多少有些吃惊，那时我怎么就走了，万一爸爸有事呢？但，那时的我知道有死这件事，并不了解死亡到底是怎么一回事，更不了解失去至亲的感受。

回上海，去医院看爸爸，那天阳光很好，爸爸精神似有些不振，也不怎么高兴。晚年的爸爸不大有笑容，但是，我又带给他多少高兴的事呢？

爸爸的笑容，印象深的有这样一次。那时，我在《上海文学》发表了一篇中篇小说，那天我去看他，他坐在门口的竹椅上，把杂志还给我，笑着说：

"看过了，里面所有文章，你写了最好！"

我吃了一惊。记忆里爸爸很少表扬我，我是最让他头疼的孩子。我想，大概是他想让我开心。

那天，我待了一会儿又要离开，大哥发脾气了，说他已经两三天没回去了，要回去一下。于是，我留了下来，大哥晚上九点多回医院，我再离开。

爸爸去世前，除了两次骨折、一次胃出血外，更令人害怕的，是他的精神疾病。

在医院里，他说，护工打他。在家里，妈妈说他瞎搞。有时还大便、小便拉在身上。一开始，我都觉得，是他怕死，心理承受能力差，生病就瞎作。直到那天，我去看他，只他一个人在家躺在床上，我开门进去，他惊恐万状，直起身，说：

"勤，你看到吧，窗门上爬满了人，要爬进来……我刚刚把他们打下去了！"

我刚刚绕过窗户，开门进来，西江湾路229弄的院子里，空无一人。我说：

"没人啊！"

"你来了，他们跑掉了！你看你看，他们又来了……"他慌张地手指向窗户。

我既吃惊，又难过。想到是一种精神疾病，但又不愿承认这一事实。直到他去世，我们都没有领他去医院看过这个病。冬天来临，爸爸就开始"搞事"了，大呼小叫；天气转暖，他又恢复正常了。——从那时开始，我知道，老年人过冬是件痛苦的事。

现在想来，当时他缺少更多的是安慰。一次，我和妻儿去西江湾路，一进门，爸爸紧张地说：

"勤，你的那辆车被偷掉了。"

我茫然不知如何应答。妻笑着说：

"刚刚派出所打电话来了，已经找到了，去领来了。"

"噢，寻到了是吧，那就好，那就好。"爸爸笑了。

一旁的儿子觉得很好玩，也笑了。

平时，他得到更多的是大声斥责，甚至谩骂。

爸爸三次住院都是在冬天，出院后，妈妈说，她照顾不了，就由大哥接了去他家住一个多月，再回自己的家。

那天，是过年的时候，我们全家在大哥家里，讨论之后爸爸的安排。大哥意思说，他失业一个多月了，有老婆、两个孩子要养，一直在家照顾爸爸也不行，看看有没有更好的办法。妈妈说，她照顾不了他，快八十岁的人了，有心脏病……二哥说，他三班倒。爸爸尴尬地问我：

"到你那里去行吗？"

"我说，我要上班的。白天家里没人的。"

"我只要一口饭吃就好了。"爸爸轻轻地说。

我也拒绝了。后来，还是决定爸爸住回西江湾路的家，我们兄弟三人轮流去，帮妈妈烧点饭菜，做掉点家务。

我想，那个晚上，我们走后，爸爸会多么难过！三个儿子没一个靠得住，他曾苦苦支撑起的这个家，在他需要帮助的时候，什么也没有给他。之后，他再也没有提起这件事，也没有因为这件事责备过我。

之后，我每周去西江湾路烧一次菜，一般是周五的早上十点多过去。事情做完，我就走了。我不会坐下来和他说些什么。爸爸看到我进来，会说：

"勤啊，你做好事情等一等，爸爸有话跟你讲。"

我现在实在记不得，他跟我说了些什么。

"你不在的时候，爸爸觉得有很多话要跟你讲，现在讲讲又没啥讲了。"东拉西扯了一会儿后，爸爸常这样说。

有段时间，妈妈一直说爸爸烦，懒，不肯动，事情多。爸爸说，我叫不应她。那天，我做完事，正要走，爸爸说：

"你带我到吉买盛那里的药房间，去买一把支撑的架子，我要站起来。"

我不知什么原因，大声地拒绝了他。爸爸也大叫：

"你要看着我死啊！今朝一定要去买！"

我带着怨气，拿了手推车，推着他去，一路上，说他搞事，我下午还有课。爸爸说，是邻居告诉他的，那里有买，有了这东西，他就好自己做事了——爸爸不想求人，但两次骨折，让他行动极其不便！

到了那家药店，营业员说，没有这种支撑架。我把无奈的爸爸又推了回来。之后，爸爸一直没有用过这种架子。

一天，我做完事，又要走了。爸爸说：

"你来，爸爸有点事和你说。"

我走到爸爸的房间。妈妈在自己房间门口，不知在做什么。爸爸拿出一包黄色牛皮纸包着的东西，说：

"里面是存折，大概有四五十万，给你。"

"给我干什么？"我说。

"叫你拿着，你就拿着。"爸爸说。

我拿了下来。出了门，妈妈跟了出来，我说：

"爸爸给我的钱，我给你！"

妈妈含糊地应答了一下，我转过弯来，见妈妈房间的窗开着，就把那包黄色牛皮纸扔在了靠窗的床上。然后，骑着电瓶车走了。

我觉得，爸爸的钱不应该我一个人拿。但……

暑假的一天，我又去看爸爸，爸爸穿着白背心，在门口的藤椅上坐着。妈妈不在家。我们说了一个多小时，我不知道，我们多久没有这么长的时间说过话了。

"那钱你去拿过吗?"爸爸问。

"没。"

"去拿一张试试看,都是不记名的。"

"钱都给我干什么?"

"哎,你笨来!"爸爸有点急,"不是给你的呀,放在你这里,两个哥哥有什么困难,就给他们一点,大哥不会问你要,但给他,他会拿的。"

这时,我有点后悔了:钱不应该给妈妈。爸爸的意思是,上一辈人不在了,三兄弟不要散。

"总要找个接班人……"爸爸说。

后来,这笔钱有的说,只有五六万,也有说不知道到哪里去了,还有说,根本没有拿到过的,之前,妻和朋友们一直说不应该把钱交掉。我一直不承认做错了。现在,我真的认为我是做错了。

那天,爸爸还说了很多,有些我写在了《爸爸的一生》里,大部分都忘记了。有一句话也是我印象深刻,但当时并不理解的。爸爸说:

"今天机会蛮好……"

对了,还有一句,爸爸说:

"我不要去养老院。"

但是,三个月后,他还是被送进了老年医院,其实就是患重病,生活不能自理的养老院。——大半年前,妈妈和大哥就一直在联系这家医院,后来,可能某位老人去世了,有空出的病床,我不知道是医院来电话,还是主动询问的结果,总之,那天有病床了。

早晨，我上班前去了西江湾路，爸爸、妈妈都在大呼小叫。爸爸一脸苦相，撑着拐杖，站在里间的房门口，——他小便弄湿了裤子。我大约是劝了妈妈几句，就去上班。下午，我接到了电话，说，爸爸被送进了老年医院。时间是十一月底。

那天，讨论爸爸的安排结束后，我和二哥走出来。二哥小声对我说：

"爸爸好去养老院的啊？送进去一个月就结束了。"

他说得不错，送进护理院一个月多一点，爸爸就去世了。时间是一月七号。

刚进医院的时候，爸爸精神还很好，那时，他说话声音很响，一房间的人都听得见。嘱咐我一些事，都放高声音。我觉得，刚进来，陌生的环境使他的精神有些不正常。该说的，不该说的，他都说，我有些不知道怎么回答。

但他被限制下床。整天躺着，他一直要起来。医院护理就把他绑在了床上。我去，会给爸爸解开手上绑着的绳子，下次来，一定又被绑上了。有一次，我去给爸爸送点吃的东西，忘记帮他解开绳子了。爸爸有气无力地说：

"勤，帮爸爸绳子解开。"

那时，他已经没有力气大声说话了。

"昨天晚上，我做了一个梦，梦到我身体好了，走路走了快了不得了……"他停了停，又说，"晚上睡觉倒睡得蛮好，一夜睡到天亮。"

后来，我想，大概是护工给他吃了安眠药。

爸爸不愿进养老院，但是，他进来后，从来没问过我，这是什么地方。一次，隔壁床的家属，一位中年妇女对我说：

"你爸爸昨天问我，这是什么地方，我告诉他了。"

那时，我有些冷漠，没有多想什么。几年后，我才明白，以爸爸的聪明，怎么会不知道这里是什么地方呢！但他从来没有责备过我，甚至，也不问我这里是什么地方。这是他的倔强和坚强，是对我的爱护。他知道我懦弱，不敢表达！

那天，大哥说爸爸，你不听医生、护工的话，身体怎么会好呢！身体不好，怎么能回去呢！爸爸半仰在支起的床上，不响。

这天，我也在一旁。——这是我在那家医院唯一一次看到爸爸半坐起的样子。到后来，他是再也坐不起来了。

妻曾说，你爸爸住进护理医院，我们每天晚上吃过饭，会去看看的。护理医院离我住的地方二十分钟的路程。但我真不记得了。

我记得我去的次数不多，也不能帮他做些什么。周六那天，我会烧点他喜欢的菜，煮点粥，给他吃。只是，爸爸住在里面不超过五星期，而我送东西给他吃，不会超过三次。

那次给爸爸送去的是一条蒸的鱼（是鲈鱼还是鳜鱼，我忘了。爸爸喜欢吃鱼，他还在家里的时候，我买了鳜鱼送去，爸爸说，以后买鲈鱼就可以了，一斩两，一半冰箱里冰着，好分两次吃来），还有粥。我问他，现在吃好吗？爸爸躺着，点点头，嘴巴做成"吃"的样子。

于是，我一口一口地喂他，有时，我喂得快了，爸爸会说，慢点。二十分钟左右，爸爸躺着，吃掉了大半条鱼和半碗粥。

我在医院里的几次喂他吃东西，觉得他胃口很好。

当我收拾起东西，说：

"爸爸，我走了。"

他总是点点头，眨眨眼睛。

每次喂好他吃完东西，我骑电瓶车回家，会有一种说不出的兴奋，不知是高兴还是难过，总是莫名的激动。这种感觉要持续很久，才会消失。

三个星期后，医院调整病房，爸爸被安排到了隔壁一间三人的小病房。我再去，爸爸已经昏迷了，但护工说，睡着了。后来，我想，大概是转病房时，着了凉，转为肺炎。其中的过程，我没有问，也没有人告诉过我。

这天晚上，下着雨，我去医院，爸爸睡着了（现在我想，爸爸应该还是在昏迷），我站在病床前，看着爸爸，护工走进来，说：

"医生叫家属，大概有什么事情。"

我拿着雨披，从走廊经过，转上狭小的楼梯，大概是二楼吧，灯亮着的房间，一位女医生坐在那里，我说明了身份。女医生说了大致是这样意思的话：爸爸情况很危险，是不是要转院抢救。她说得很婉转，但我听懂了。我想到爸爸要死了，其实那时我还不知道，爸爸的去世会给我这样一种感受。我说：

"不要转院了。"

我想到的是让爸爸快点解脱。或许，也有让自己快点解脱的心情吧，我不能为自己辩解什么，我没有犹豫，就说出了上面的话。那时，我也觉得了自己的心狠。

医生又说了医院的告知责任等等，我没说什么话，稍后，就走出了房间。

这事我依旧没有和任何人说，也没有任何人和我说过爸爸的情况。我也不知道，家里是否还有其他人，经历过我相同的经历。

六号晚上十点多了。大概是妈妈打电话来，说，爸爸情况不大好，要我去医院，说她也在。于是，我和妻赶去了医院。

爸爸依旧昏睡着。妈妈和表弟都在。妈妈说，医生来电话说，爸爸情况蛮危险的，就这两天的事，今晚最好要陪夜。表弟说，姑妈吃不消，哥哥你来陪吧。我答应了。

他们走了，妻也先回去了。快十二点了，我站在爸爸的病床前，有些不知所措。爸爸半张着嘴，假牙像要落出来的样子，仰着脸。一次，他慢慢地睁开了眼睛，无神地向四周看了一圈，又合上了。我从来没有看到过，爸爸那么难看的样子。边上的监视器数字在跳动，我茫然地看着。

这时，护工进来了，她开始铺床，准备睡觉了。见我依旧站在那里，说：

"你不用待在这里的，今天晚上没事的。"

她手里拿着被子，看着监视器。

我不知道怎么回答她。她又说：

"你在这里也没用，明天早上你来吧！"

我猜想，大约是我妨碍了她睡觉。我忘记了是否打电话告诉了妈妈，又如遇大赦一般，逃出了医院。

第二天早晨，五点半左右，我再去医院，爸爸仍然昏睡着。护工已经起床了，整理着什么，说：

"和昨天晚上一样。"

我依旧不知所措，胡乱地和她交代了几句，临出门前，塞了些钱给她，便又去学校上班了。

有时我想，如果那天我知道，这是爸爸的最后一天，我会留下来吗？这是多么痛心的事啊！

上午，我觉得肩膀和背部酸痛，下午一点多时，我去医院拔火罐。躺下不过十分钟，大哥打来电话说，爸爸不行了，你快来。我立刻叫来医生，拔去火罐，赶了过去。

到护理院时，三点半左右，妈妈和大哥都在。爸爸已经去世了。妈妈哭了两声，响亮地说起了中午的事：

"早上十点多，我来的时候他还蛮好的，问他要吃粥吗，他说要吃，就坐起来，一碗粥，全部吃完……等一会儿，要睡下去了，睡下去一会儿就过去了……快了不得了。"

房间里有很多人，我走了出去，眼泪流了下来……

我曾在《爸爸的一生》里写道："爸爸把我们三个孩子都安顿好之后，却自己走了，这是多么悲痛的事啊！"

九年多了，我依旧常常沉浸在悲痛中。但想到，我们又是如何对待爸爸的，又何止是悲痛！

爸爸姓傅，名式之，浙江宁波人，1931年生，2013年卒。工作于上海警备区工程大队，他很自豪自己一辈子只服务过一个单位。是单位的计划科副科长，工程师。他年幼丧父，利用业余时间，于上世纪六十年代初，读完了大学课程。

2019.3.6.

父教

爸爸去世已十年了，我还没有走出丧父的阴影。想到他最后的时光，常常悲痛不已。偶尔也会想到爸爸对我的教育，以及我现在的为人处世，觉得，他教会了我很多很多。

小时候，我顽劣异常，爸爸痛恨我的行为，常拿晋人周处的事来教导我，告诫我，任何时候，痛改前非，都为时未晚。而我呢，依旧常常让他伤心。

那时，我好说谎，以为这是蒙混过关的方法。偶尔也有成功的事例。比如，小学两年级时，毛笔作业没有做，就对老师谎称，没带来。老师叫我回家拿，于是，我就狂奔回家，摊开本子，一挥而就，再把本子摊开，一路迎风吹着，赶到学校。老师看着似干未干的墨迹，问："是昨天写的吗？"我面不改色地说："是的。"

这，还是小事，至于偷拿家里的钱等，更是让爸爸生气。一次，爸爸在我的笔记本上写道："吹牛是犯罪的开始！"我那时实在不知道这两者之间有什么关系，虽然满脸的沉痛，心里却一片茫然。

小时候，我不好学习，却很有些贪吃。爸爸单位里的菜，可能油水足了点，味精多放了点，我特别喜欢吃。一次，我把这个想法告诉了爸爸，爸爸说："好好读书，有工作了，就有单位食堂的菜吃了。"

他最怕我不肯好好读书，常用一些话说教于我，而我，常常觉得他烦。我至今保存着高二暑假的日记本，日记是写在普通练习本上的，仅记了一星期不到的内容，而最后两页，是爸爸写给我的，整整两页三十九条要求，如，"平时努力，考时不急；平时不抓紧，考时急煞人"；"不看野书及报刊，集中精力读好：数、英、语、政、历、地"；"勤，快快自我觉醒，不看电视、不踢足球，努力向上，争取考上大学"。他晓得我骑车快："骑车中速，手示（原文如此，应该是要我转弯勿忘做手势），高度集中思想，过马路一慢、二看、三通过。——千万牢记"；他晓得我数学差；"数学是科学的桥梁，一定要多做习题，多看书，学好它"；最后一条是，"全部做到，考上大学也只有百分之五十希望，因为基础差"。

——几年前，偶然的，我翻到这本练习本，看到那熟悉的字体，心里难过了很久。

刚工作时，他对我说，早点到办公室去，开水泡好，地扫干净，年纪轻，力气做不完的，睡一觉，又有力气了。

他晓得我小时候怕生，看到陌生人是不叫的，常和我说，看到年纪大的老师，不叫么，就朝人家笑笑。

他还常对我说，做人要勇敢，勇敢。当时，我觉得他莫名其妙。

结婚了，他常告诉我，对你妈好点，经常买点东西给她吃吃，没钞票，问爸爸要好了。

他知道，大学里的老师宗洲先生待我好，后来，先生去世了，爸爸每年都要问几次，师母那里侬去过哦？侬不好忘记哦！

他还说，人和人交往，就像照镜子一样，你朝镜子里的人笑，镜子里的人也就朝你笑。

他教我如何对待他人，但他，从来没有教我如何来待他。生命的最后几年里，他一直和我说这样的话："爸爸死后，侬不要难过，侬要觉得开心。"我当时讨厌他说这样的话，岔开了话题。后来，他又和我说了几次类似的话。我依旧不要听。——现在，我有些听懂他这话的意思了，他知道我是怎样的人，晓得我会伤心难过，怕我走不出来呢！——他想到的还是我！我这个不争气的孩子！

小时候，我犯了错，写检查最快，表决心最坚决，但做不到是肯定的。爸爸，这次你叫我做的，我依旧做不到。但我觉得，渐渐地，有些你以往和我说的话，我已经开始做了，比如你要我做一个正直、善良、勇敢的人！

2023 年 12 月 5 日发表于《松江报》副刊

梦

近来,临睡前常暗念:不要让我做梦,让我一觉睡到天亮。

上海人表示不屑时,常说:"侬梦做醒了哦?"意思是,你太开心了,像做梦一样,现在,你好醒醒了。其实,我做过的梦大都紧张刺激,如果用弗洛伊德的方法释梦,大概可以分析出我是怎样一个人,或者,在我做这类梦时,我是怎样一种状态。

小时候做的梦至今记得的有两个:一个是,我在前面跑,有人在后面追,路是西江湾路229弄边上的几条小弄堂,啥人追我是不记得了,但他们追不到我也是自然的,结局是,在最紧张的时候,我突然翻墙进了我家的那个小后院。梦在这时候常常醒了。心里既安定,又有些得意。还有个梦多少有些莫名,就是突然从高空坠落,一个紧张的过程后,落地了,于是,醒了!

读了弗洛伊德的书后,自己做心理分析,觉得可能是小时候坏事做多了,常常受大人的责骂,有种被迫害的心理!还或许,我喜欢我们家的那个小后院?

那个后院只约两平方米大,露天,中间放一口大缸,四周就所剩无几了。一次,我去虹口公园玩,钓了四五只河虾回来,爸爸说,就养在这个缸里吧。不过,没几天,我就把它们煮了吃了。爸爸晓得后,笑了。

以后的梦,基本不记得了。去年一月七日,爸爸去世了。之后的一两个月,我很诧异,常想:我怎么不会做梦见爸爸的梦呢!那段时间,我真的很想他!

五月三十日早晨醒来，我突然记起，我刚才是在梦里啊！我在一个五斗橱一样的柜子里，翻到了几本练习本，堆放得整整齐齐，封面上写着"东西要随拿随放，堆整齐"之类的话，原话已经记不得了。我一看就知道是爸爸的笔记本。正在诧异，我一转身，突然看到爸爸就在我身后，我扑过去，抱着他大哭，叫着："爸爸爸爸，你到哪里去了啦？"爸爸的肩膀很瘦，他没有动。——这时，我一下子醒了。

——爬起来去厕所，我心里很难过！

后来，我有几次又梦到了爸爸，醒来，我依旧难过。于是，就像开头我说的，现在，临睡前我常暗念：不要让我做梦。——我知道，其实我不是怕做梦，而是怕梦醒。

2014 年 9 月 19 日发表于《新民晚报·夜光杯》

我生命中最悲伤的一天

二零一三年一月九号，是爸爸开追悼会的日子。

七号下午三点，爸爸去世了，七点多的时候，殡仪馆的车带着爸爸离开医院，之后的两个晚上我们兄弟三人轮流着守夜，我睡得不多，但也没觉得特别累。

九号晚上，我半夜才躺下，六点不到就又醒了。吃了点东西，才六点半，我跟学校请了假，不用去，离追悼会的时间还早，我就出了门，往虹口公园的方向逛去。

早晨的太阳很好，但照在身上并不暖和。我漫无目的，经过虹口体育场，就走了进去。体育场边上的小足球场上，已经有一些人在踢球了，都是些老年人。球场边，四个上不了场的老头，围成圈，在玩抢球，不时发出阵阵欢笑。我站在边上，看了一会儿，很想上场踢一会儿。这时，我突然想到，两天前的早晨，爸爸还在，我还有爸爸。

经过球场，往里走，依旧漫无目的。转个弯，进了虹口公园。刚懂事的时候，爸爸常问我的一句话就是：万一侬出去了，勿认得家里了，哪能办？开始，我不知怎么回答。爸爸说，你就找警察，告诉他，侬住了虹口公园，送侬到虹口公园，侬就晓得哪能回来了是哦？问得多了，我也就能回答了。

小时候，体育场和公园间隔着围墙和铁门，我逃学，就常常翻过铁门，在公园里闲逛，和今天一样，熟悉的那个小广场上，总有很多人。我总是逛到十一点五十分，才从公园出来，和放学回家的时间一样，十二点钟到家。这时，爸爸已经准备好了饭菜，我就听着广播吃中饭。

回到家时，已经九点多了，亲戚们渐渐都来了，又过了一会儿，我们坐着车，来到了殡仪馆。时间有些早，我在大厅门口等。这时，我的朋友李澄宇、厉祥庆来了，我很有些感动，高兴地和他们说起话来。小时候，他们常到我家来玩，和爸爸都很熟。一次，我生气出了家门，爸爸随后追了出来，找到李澄宇家，见了我，笑着说，坐一歇就回来噢！

事情都有哥嫂们做着，直到爸爸被推出来的时候，我才又流出了眼泪来。我想，爸爸这两天去了哪里？在干些什么呢？……爸爸又被推走了……和李澄宇他们吃羹饭的时候，我约厉祥庆晚上喝酒……

回到家时，已经两点钟了，我不知做了些什么，混到四点半左右，就打电话给厉祥庆，谁知手机无人接听，我心里有些慌。想还好，他住得离我不远，走过去，十五分钟就到，于是我和妻说了声，就出了门。我走得快，十分钟就到他家了，开门的是他妈妈，说，他出去玩了，没回来过。走下楼梯，我显得更加着急，想他去哪里了呢！我知道下午他常是在棋牌室搓麻将的。但这里的棋牌室那么多，究竟在哪一家呢？忽然，我想起，一次喝了酒后，李澄宇曾经送我们去过棋牌室。就拿出电话，问李澄宇。他说，那天是晚上，只知道在一条弄堂里，边上有座桥，具体啥路也讲不清。挂了电话，我想，我一定要寻到厉祥庆，和他吃这顿老酒。找到了桥，我问路人，这里哪里有棋牌室。那人指了一家，我走去，推门进去，看了，没有。出来，再问，再找。推开第三家棋牌室的门时，我一下子看到了烟雾缭绕中的厉祥庆。我的心一下子平静了下来，说："侬手机呢！不要玩了，走吃老酒去了！"出了门，厉祥庆一脸的迷惑，反复地问，侬哪能寻到这里的？

晚上，我带着些许的醉意，躺在床上，想着今天发生的事，渐渐地睡去……睡得很死很死……

爸爸是漆匠

从上学开始，如遇到下午没有课，这半天，我基本都是在爸爸的漆匠间度过的。

爸爸的单位是警备区工程大队，有漆匠、木匠、泥水匠、水电工等工种。漆匠间是一长排的房子，走到底，有一间小房子，靠墙几个橱，打开，吊着几件工作服；靠窗是张写字台，斑驳着，很旧。其余的房子都是工作间，很大，放着各种要漆的木器。

爸爸的手很粗糙，手指上满是小裂纹，右手的小指有点伸不直。每到冬天，就会皮肤皲裂。一次，爸爸洗了手，问我："侬晓得为啥爸爸手会这样哦?"见我没有回答，又说，"做油漆匠做的。砂砂皮、拌老粉都很伤手的，油漆也老伤皮肤的。"记得有一天下班前，爸爸手上沾了油漆，就从工具柜里拿出一瓶透明的瓶子，用抹布蘸一点往手上擦，是一股很好闻的香味，爸爸说："这是松节水，油漆一擦就擦掉了，汽油也可以。"——皲裂得厉害了，爸爸就用纱布搭上橡皮胶，抹点蓝油烃软膏，或者金霉素眼药膏，把裂口包起来。

不知道爸爸的师傅是谁，我在漆匠间的时候，爸爸已经是师傅了，他是班组长，其他人的师傅，徒弟有四五个。应该技术还可以吧，但我从来没有问过爸爸他是几级工。有一次，他说起隔壁和我一样大的陈勇的爸爸，是木匠七级技工，一脸羡慕的神情，我觉得他最多五级。他的工资也不高，六十出头一点。那是七十年代末了。

有段时间，爸爸经常油漆家里的一些家具。我不知道他的审美观是怎样形成的，他喜欢把家具漆成黑色的。是那种黑里泛一点点绛红色的颜色。一次，外公帮家里做了一只夜壶箱（沪语音），就是那种床头的矮柜。做完后，爸爸先用砂皮打了一遍，因为用的是旧木头，就用老粉把一些洋钉拔去后留下的洞，以及一些不平的地方填补平整，干了后，再用砂皮打一遍，用湿布抹去粉灰，晾干，就可以"拓油漆"了。两遍油漆干了后，再用"泡丽水"漆一遍，上光色，一只崭新的"夜壶箱"就出现了。爸爸问："你知道为什么要漆油漆吗？"我当然不知道。爸爸说，"主要为隔绝空气，保护木头，其次是美观。"

除了"夜壶箱"，我家的碗橱、饭桌、椅子、放被子的柜子等家具都是黑色的，都是爸爸的"杰作"。

小时候，我觉得那颜色很难看。三十岁时，我搬家要添置新的家具，最后，除了书房里的几个书橱，其余所有的家具，我都选择了黑色。售货员说："你眼光好的，这个颜色最时髦，而且永远不会落伍。"但我觉得，那黑色里少了爸爸用的黑色里的那种绛红色。

我喜欢闻油漆的味道，还有松节水、汽油的味道，那是漆匠间特有的味道。

前几天，家里用了二十年的小木凳旧了。我买了砂皮、油漆、小刷子，像爸爸那样做起了漆匠。儿子过来看，我笑着说："你知道吗，阿爷老早是漆匠。"

说完，我的眼眶里已满是泪水，——啊，爸爸离开我已经十年了。

我低下头继续"拓油漆"……

2023.2.16.

2024 年 12 月 10 日发表于《新民晚报·夜光杯》

联系簿与红色日记

联系簿

前些时候的一天晚上，父亲送来两本小本子，拿来一看是"傅勤在校情况联系簿"，不觉笑了起来。父亲说：

"勤，这两本给你做个纪念，看看你小时候是怎样一个人！"

联系簿是我读小学时，因我太顽皮，父亲为掌握我在校表现，而专门做的一种请老师记录我在学校情况的本子。父亲在封面上端正地写着："每天由傅勤送交老师，带给我们。"

只记得小时候我的确顽皮，但究竟顽皮到什么程度，怎样顽皮，对我已是个虚幻的大概了。所以当我在灯下打开联系簿时，那些记录的事情让我不可思议得难以置信。我怀疑这些事怎么都会是我做的呢？原样地摘抄几条如下：

1.傅勤最近课堂作业的情况很差，上课同学们都在认真做作业，他坐在那里东看西玩，大家都完成作业回家了，他把课堂作业本也带回家，而且还没做完，昨天就是这样。这孩子接受能力还是强的，就是学习目的性不明确，学习不自觉，所以成绩很差。作业本不是少这本，就是缺那本，三本作业本没有全的……

1976 年 11 月 5 日

2.今天语文生字有 14 行没写。

1976 年 12 月 7 日

3. 昨天回家作业少做 6 题。

1976 年 12 月 9 日

4. ……为了调动傅勤的积极性，集体委托他为人民服务，交给他早读课领大家早读的工作。然而傅勤开学初几天较好的，工作也尚负责。但一星期来，以前不遵守纪律现象也出现了（下午领读时，他没来，迟到，作业不交，与同学讲话），作为一个新加入红小兵组织的同学，应对其高标准，严要求。……对加入红小兵后退步，经教育帮助后仍不改的，同学们一致要求停止他过组织生活，并进行纪律处分……

1977 年 3 月 7 日

5. 今天傅勤在校很不自觉，早操时竟拿出气球在操场上吹。不认真做操。同学教育帮助他，他强词夺理，严重影响集体纪律。

1977 年 3 月 21 日

6. 最近傅勤退步了，组织性、纪律性也差了，上课不听指挥，语文作业也不交了，希望在红五月里赶快改掉缺点，争取进步。

1977 年 4 月 30 日

7. 今天上课，傅勤书也不带，算术课堂作业乱做。

1977 年 5 月 5 日

8. 做广播操时不够自觉，不照要求做。考语文默生字时，离开座位到杨钧同学座位上，在他考卷上写字，这样不好。

1977 年 12 月 15 日

看着这些话，我不禁笑出了声，对父亲说：你看，小时候我竟是这样一个学生。当时作业本一本本究竟都去了什么地方？被我藏了或撕了？作业为什么每天都少做？做操时怎么会去吹气球呢？气球又从何而来？……所有的一切都已记不清了，但我相信，那就是真实的我。

摘录的只是极小的一部分，记录的还有些事也是我一直想不明白的（成年人的确很难理解孩子的一言一行，看着联系簿，我始终弄不明白，当时，我怎么会做出那么多现在看来是莫名其妙的举动。我以为，成年人和孩子属于两个世界）。但我相信，我只是个顽皮的孩子，表现出的只是孩子式的贪玩、健忘、糊涂和恶作剧。所以，我想，那时我受到的"待遇"是不公正的，包括这种至今还流行于学校的联系簿。由此，也可见我们的教育这些年来没有多少进步。

由于对自己童年生活的好奇和我的恋旧情结，以后，我还经常翻看这两本有些泛黄的小本子。已做了很长时间教师的我，看着在天真和玩闹中一天天长大的学生，时而想到，希望自己与天下所有的成年人，能宽容、理解地看待孩子的每一个举动。我们属于两个世界！他们仅仅需要我们好的引导而非训斥或痛打。

又暗笑着想：不是"光屁股朋友"，哪里会想到儿时的我竟会是这样一副样子呢……

给我本子时，父亲说：我只给你留下两本，其余的我都撕了，因为另几本上你的表现更差。我听后连说可惜。

红色日记

1976 年 4 月 17 日的"傅勤在校情况联系簿"上，班主任除记了"今天傅勤交上小叫叫（这是什么东西，我实在记不得了）和拾来的粮票一两半"这样的事情外，还写了如下的一段话：

"我们班级从今天起，启发学生记'红色日记'……傅勤被推选为收'红色日记'的小组长。希望他能把这工作做好。另一方面，我想这本联系本不要再写了，由傅勤自己把自己的表现（好的、进步和存在缺点）记在本子上，调动他积极性。老师在本子上必要时附言……"

这样，我做起了一任小官，并开始记红色日记了。

日记大约前后记了一年，但我现在手中仅存一册，时间为1976年9月13日至10月6日。即便如此，通过这些文字还能看到很多东西。闲话少说，下面我来抄录几则。因想体现真实性，日记中以拼音代替当时不会写的字等情况，将原封不动照抄。

9 月 13 日

伟大领袖毛主席，

领导人民闹革命。

他是人民大救星。

毛主席不幸逝世，

我们要继承毛主席的遗志，

将革命进行到底，

为实现共产主义而奋斗！

9 月 17 日

今天上课的时候，我坐得很好，很 duān 正。作业也全部做好了。以后，我要更好地完成老师布 zhì 的作业，不打 luàncǎo，要好好的写，听毛主席的话：好好学习，天天向上。不做坏事，做一个德、智、体全面发展的好学生。

9 月 22 日
申请书

　　红小兵是少年先锋队组织，我一定要加入这个组织。听毛主席的话，好好学习，天天向上。决心继承毛主席的遗志，化悲痛为力量，发扬优点，不断进步，做一个无产阶级革命事业接班人，请审查批准。

　　此致
红小兵团

申请人　傅勤
二（3）班
1976 年 9 月 22 日

9 月 23 日
批臭大坏蛋
林彪、孔老二，
都是坏东西，
脸里笑嘻嘻，肚里 cáng 鬼计，
妄图搞复辟，
我们小朋友，
坚决把这二个大坏蛋批倒、批臭，
使他们永世不得翻身！

9 月 25 日

　　今天我看了《渡江侦察记》的小人书。书中的故事是 1949 年春天渡江战役前，人民解放军某部一支侦察小分队，由连长李春林和侦察兵们一起渡过了长江，到江南敌区，在当地游击队和人民群众帮助下，和国民党反动派进行了顽强的斗争，完成了党交给他们的任务，取得了渡江的伟大胜利。我一定要向李春林叔叔学习，学习他们的革命英雄主义精神。

10 月 4 日

读了《语文》第八课，书里光明小学的红小兵，继承当年老红军艰苦奋斗的好传统，他们把山谷开垦出来。动工的时候，有的人手划破了，有的人脚扎出了血，但是没有一个人叫苦、叫累。经过一段时间劳动，才开出了十亩多良田，种上了红米和南瓜。因为他们经常艰苦劳动，所以秋天大丰收。我向他们学习不怕苦、不怕累的老红军革命精神。

10 月 6 日

今天晚上向阳院开学习毛主席语录会，会上一个退休工人说："要继承毛主席遗志，将革命进行到底，最好的方法就是学习毛主席著作。"毛主席教导我们说："要搞马列主义，不要搞修正主义，要光明正大，不要搞阴谋诡计；要团结，不要分裂。"听了工人伯伯的话，使我知道学习毛主席著作的重要。

不知不觉已将大半本日记抄了下来，还好那时我只是个二年级的孩子，文章写不长。原本想抄完之后大大地发泄一通的，但转念觉得，这又何必呢，白纸黑字都已存在那里。至于阅读这些的朋友，他们自会各取所需，怎么会听我发癫发狂的胡说八道呢。

平静之后又想，自己绝不要站在讲台上，往学生的脑子里生硬灌输，也绝不在他们的本子上写下这样的、即便是出于善意的话：

"你在日记里总是写得不错，但行动上往往做不到……做事情，要实事求是，不要在日记里总是写决心，而行动上另一个样，这是阻碍你进步的……"

唉，可怜的孩子！……

1999 年 6 月发表于《萌芽》

（原题为《我这样长大》）

爸爸过年

小时候，过年是爸爸最忙碌的时候。

之前几天，他四处去买东西，但我不记得他究竟买了些什么。印象深刻的仅有一次，他搀着我，拉我去四川北路上的新海食品店，买凭票供应的冰蛋。那大约是七十年代中期，我才六七岁。

不过，我的确不记得，那时是否有过一顿丰盛、令人难忘的年夜饭，一直没忘的是，开学一两个月了，家里还在吃过年时爸爸腌的酱油肉。爸爸单位属于部队编制，保留了过节分肉的习惯。爸爸就拿六七根肋条，腌点酱油肉。浸了好几天的酱油肉，被挂在屋檐下，爸爸讲，最好西北风吹两个礼拜，才好吃。

小年夜和除夕是爸爸最紧张的时候，因为这两天，他要拜祖宗。拜的是爸爸的外公外婆和阿拉的阿娘阿爷。爸爸早年丧父，他一直说他是外婆领大的。

五点多的时候，忙了半天的爸爸，把家里的方桌拉出来，摆好凳子，把小菜一个一个端上去。肋条是整条半生的，白斩鸡也是整只的，洗净的青鱼也是整条的，都盛放在大碗里，再放上碗筷，碗里会倒上半碗黄酒。桌子的正面，左右各点起一支红蜡烛，中间是香炉。

有时，我和二哥觉得好玩，嬉笑着，坐到了桌边的凳子上。爸爸见了，会板着脸说，下来，不好坐的，老祖宗坐的。过一会儿，他会说，去，磕两只头去。于是，我们兄弟三人就会高兴地依次跪到桌前，各磕三个头。心情好时，我们还会再去磕一次。

爸爸磕头时，神情严肃，嘴里念念有词，说着"保佑"一类的话，再双手合起，俯身低头，像小鸡啄米一样，一气磕上好几十下。然后，又出去做事了，一会儿，他还会再来磕个三两次。那时，我好奇于爸爸的严肃，直到爸爸去世后，我面对遗像时，才理解他那时的心情。

接下来，就是吃年夜饭了，最晚坐下来的一定是爸爸，站起来最多的，也一定是他了。那时，都不吃什么饮料，爸爸也从不喝酒，年夜饭一小时不到就吃好了。

吃的菜，印象深的只有猪脑子和大骨头。偶尔，爸爸单位里会有整只猪头卖，很便宜，只要两块钱，所以，不常买到。把猪脑放在小碗里，放点姜，倒上黄酒，隔水蒸二十分钟，就可以了。爸爸端过来，兄弟三人你一口，我一口，没几分钟就吃完了。嫩嫩的，带些腥味。

大骨头煮了汤，我们啃完了肉，爸爸说，骨头里还有好东西呢。于是，他拿了砧板放在地上，又拿了菜刀，蹲下身，用刀背重重地去敲那根大骨头，敲断后，他站起来，让我们吮吸里面的骨髓。有时，他还会拿根筷子，伸进去，挖点东西出来吃吃。

吃完后，爸爸要去收拾碗筷，他还有一阵要忙了。

2021 年 7 月 2 日发表于《爱的教育》

我在美丽的西江湾路

沈从文说："美，总不免有时叫人伤心。"其实，逝去的岁月，才让人感到真正的忧伤，所以，普鲁斯特写下了《追忆逝水年华》。

关于西江湾路，我拟了十多个题目，但我明白，其实什么也留不住。

西江湾路是位于上海虹口区中部偏西一侧、一条长约一点五公里的马路，有些蜿蜒曲折。当年筑路时，因它通向江湾镇，故以镇为路名。

它偏南方向的那头，被同心路截断，往前约一百米，正对着一条叫俞泾浦的小河（河边的平房里，曾住着一个我的初中同学，姓丁。那时，我们都有集邮的爱好，常在走去学校的路上，说一些关于邮票的话题。初中毕业，我们断了联系，现在，他早已搬走，而不知去向）。中段，被花园路穿过，当然，现在的花园路要比原先宽了许多，路两边早已不是当年的旧影。往前约两百米，又有广中路将它穿过。再往前一百米，就到了西江湾路的尽头，横在它前面的是中山北一路。过了马路，是新市路，沿着这条小路一直下去，就能到达江湾镇。

现在的西江湾路和原先一样狭窄，拥挤，而面貌早已全非，若要寻出些当年的痕迹，是一定要先走进这西江湾路229弄的……

229弄

　　这里是一个院子，我爸爸单位，上海警备区工程大队的宿舍。以前大门的样子已经忘了，围墙是"枪篱笆"：用漆黑的细竹，斜斜地编成"墙"，"墙里墙外"的人或物，隐约可见。当时的上海街头，常见这样的"墙"。包括隔壁院子的219弄。

　　那时的院子里，住着二十四户人家，三幢房子。门口是一幢平房，稍往里走，是一幢砖木结构的两层头的红砖房。据说，这是当年日本的海军俱乐部。进去，往右转，里面还有一幢一半是平房、一半是两层的楼房。进了大门，是块空地，约有两个半篮球场那么大，沿右手的枪篱笆边，是三棵高大的"苍蝇树"。夏夜，院子里的几个老头，拉出电线，接上灯泡（工程队里多的是水电工），坐在大树下，面前放着泡着浓茶的搪瓷茶杯，打一种叫"六副头"的牌。地上还会有两个热水瓶。常常是，穿白背心打牌的是六个人，围着看的，是一圈人，或赤膊，或也穿着白背心。黄黄的灯泡下，常飞着一些小虫，还有蚊子，人们常拍肩拍腿的。偶尔，还会有树上的蝉，冲着亮光扑下来。其他一些人家，则坐在自家或人家门口的竹椅、小板凳上，乘风凉。

　　有时，向阳院里看电视（是十二时黑白电视机），也在这块空地上，那么打牌的人就移过去一点。没到放电视的时候，照例主角——电视机——是不会出场的，在当时，这实在是贵重的东西。在电视机架子前，从下午两三点钟开始，渐渐地摆起了近百把的凳子，有竹椅、木凳、小板凳……隔壁院子的人，也会过来抢位子。常有这样的事：因为吃晚饭没凳子了，先拿了它去吃饭，就在那地方，摆了块砖头，回来时，位子已经被人家抢了，于是，争吵就开始了。电视开始后，除了坐着的，还有里三层外三层站着的，黑压压一片，估计靠后的人是听不到电视里的声音的，倒是偶尔会有打牌人的吆喝声传出。

我不记得有去占位置看完一个节目的时候。当时父母管得严，不让我们去看，只有一次，已经九点多了，做完作业，爸爸放我出去看一会儿。空地上满是人，哪里挤得进去。我就兜到电视机架下，伸出头去，半仰着，看了一会儿。看的是什么节目，早已忘了，而那场景，还记在我心里。

小学三年级时，院子里搬来一对兄弟，两人常在空地上踢球，那种三块六角的橡胶球。于是我跟着一起踢，从此，迷上了足球。之前喜欢的乒乓球，再也不玩了。院子里的孩子，加上隔壁院子几个同学，常在空地的两头，各放上两块砖头当球门，踢球。当然，踢脏邻居家晾着的衣被，就成了常事。小孩子们的"公敌"——老丁阿姨常扯着喉咙叫："啥人拨我的床单踢龌龊啦！"有时还要告状到父母那里。我们常骂她促刻：老太婆晓得我们踢球，故意把床单晾出来！怎么报复她呢？于是，老丁阿姨家门口用破搪瓷面盆种的葱，常常被我们连根拔起。老丁阿姨自然又是破口大骂，虽然她晓得是我们这些孩子干的，但又不知道确切是谁，只能不了了之——现在想来，那时的老丁阿姨并不老，约五十岁，不高，胖，夏日，穿一件无袖圆领小花汗衫，胸口的两块肉，像要落下来一样。常拿着丫叉头在院子里做事。她住在红房子里，和住在里面的一个小脚老太婆一起，在里弄加工组上班。

这是七十年代末的事了，到八十年代初，那块空地上建起了一幢五层楼房，这样，我们只能"转战"附近的托儿所了。

转眼三十多年过去，那些原先的老住户，或死或搬走，已没剩下几家了。仍在的，常常只剩下老夫或老妻一人。我去看父母时，常听他们说起，某某某昨天死掉了之类的话。前面提到的那个小脚老太婆，十多年前就去世了，她秃顶的老头子，续了个老太婆，两年前，秃顶老头也死掉了。倘是三十年前的老住户，搬了家，再回来看看的话，会以为他家住的，是搬来的新人家了！

半年前，八十九岁的老丁阿姨也死了。一日，比我大七八岁的建华，看着红房子边上两棵参天的水杉，仰头说："这两棵树还是老丁阿姨种的呢！"

酱油店

从 229 弄出来，往左走，过 219 弄，转弯，是一家酱油店。一开间的门面，门上半部分是隔开的玻璃，右边是敞开的柜台，关门时是要上门板的。门板及门框都漆着深红的漆。时间久了，门板大都斑驳了。

那时，去酱油店买酱油、老酒、醋，上海话都叫"拷"。我去酱油店"拷"了最多的，是"老酒"。每逢外公到我家来，爸爸就叫我拿一只玻璃杯子，去"拷"一角钱的"老酒"来给外公吃。

推开那门，可以看见上下两层摆着两排"瓮"，白色，有深咖啡的条子。瓮上覆着用白纱布包着的盖子，有些脏。前面都系着块牌子，写着瓮里装的是什么，价钱多少。

柜台里常没人，但只要你喊一声"拷老酒"，里面就会转出一个老头子，或者一个年轻女子。他们从来不笑，哪怕面对我这样六七岁的孩子。轻轻地搭腔询问后，接过我的杯子，打开装老酒的那个瓮，用有些黑的竹制长柄盛器，伸入瓮里，"打"出一些，倒入玻璃杯，收了钱，也不打招呼，便又进里间去了。

这是对父女。那父亲，我只记得他那面无表情的脸，五官已经模糊，动作迟缓，着深色衣服；女儿，还记得她的眼睛，有些小，常低垂着。把杯子交给我时，会翻起眼睛看你一眼。

长大后，我曾想，为什么他们不快乐？他们身上会有怎样的故事呢？

九十年代中期，这一排房子全都拆了，那父女也不知了去向——现在，那父亲肯定已经去世，而他女儿呢？也已经美女变成老太婆了，或许，她会想起，西江湾路转角上自家的酱油店，但她一定不记得，曾有个仰头望着她的小男孩……

去小学的路

我读的小学是同心路小学，至今还在。

从 229 弄出来，向左走七八十米，稍向右，就是 142 弄。弄堂里，有五六个同班同学。从这里穿过去，就可以到学校了。

弄堂口左边是一家不知道做什么的小工厂，常见一工人穿着工作服，戴手套，叉腰站在那里。

弄堂的蛋格路，有些高低不平，走进没几步，右边有一间两层楼的房子（这里都是私房，平房多），这房子让人一进弄堂就觉得很暗。这里住着班上一个很难看的女同学，很吵，经过她家门口，常听见她在大呼小叫，我关了夜学，走过她家，除去冬天，她们一家总是在门口的小桌子上吃饭。

向前去，有两条路可去学校，笔直过去，三五米处，是陈文辉家，右转，是李澄宇家，李澄宇家往后转，是方兵家。他家门口有一口井，这是附近唯一的一口井，热天，人们常拿井水浸西瓜。——要到七八年后，八十年代中期，上海的人家才开始有电冰箱。

我很少朝陈文辉家的方向走。去他家，常常是和同学桑医培去看陈文辉的舅妈。五年级时，一次，上课铃响了，两人还在教室里踢毽子，被班主任赶出了学校。去我家的路上，他一直在讲昨晚看的日本电影《望乡》。那是冬天，到了我家，我们坐在门口晒太阳，继续刚才的话题。直到他觉得讲完，才向我借了艾明之的《火种》回家了。我听得既好奇又糊涂。那天他说："伊拉娘舅讨的老婆，不要太好看噢！"当时，陈文辉娘舅刚结婚。但，我觉得那女的并没有什么好看，黑瘦，常来229弄小便池边上的粪池，倒痰盂罐。

过了几天，我去桑医培家玩，听到他那被割去一个肺的父亲，板着脸，说："我早晓得是这种电影，就不让你去看了！"

李澄宇家是隔着"枪篱笆"的，沿枪篱笆是水斗，常见他爸爸在那里洗东西。后来，我写小说，主人公都是一个叫"李成"的，名字的由来，就是把李澄宇的"宇"字拿掉。他最让我羡慕的，是每次春游，他妈妈都会塞给他一个苹果。另外，他会带一个面包，而我则是爸爸炒的蛋炒饭，装在铝制的饭盒内。

向前稍往右，是个不大的院子。一天放学，我听见里面有人吵架，就跑进去看。吵什么，没听懂，只记得站着带着哭腔吵架的女的，嘴角都是白沫。院子是用竹爿围起来的，灰色的，有些竹爿已断裂，很破败。

朝右转，是一排低矮的平房，矮小的我，也能看见房顶上黑黑的瓦片。进到屋里，要往下走两个台阶。门似乎不大牢，像旧社会的棚户房子。这里也有一个班上的女同学，名字我忘了，她穿的衣服都不大好，是打了补丁的中式衣服，有些长。长得很白，显病态，目光有些呆滞。她有两个哥哥，都很大了。对于她父亲，我有一个他拿着脸盆，从屋里的台阶上向外走的印象。衣服是深色的，旧的。

转弯处，有一间不大的两层水泥楼房，常可以看到，两三个男人坐在屋里靠门口的地方，做香烟。那时香烟很少有海绵头的，抽烟，总会剩下一段，西江湾路上，常见这种"拾香烟屁股"的人：背个箩筐，拿根细竹，细竹一头，插着两根尖尖的铅丝，见地上有烟头，就用竹竿朝烟头一戳，再掉转竹竿头，取下铅丝上的烟头，扔进箩筐。捡来的烟头，剥去白色烟纸，留下烟丝，估计要晒一晒，就可以做香烟了，但我不晓得哪里有买卷烟纸。

烟丝放在箅边的扁扁的箩里，三四个男人卷香烟的动作相当熟练。

转过弯，围墙里有一棵无花果树，结果时，会有同学爬上墙头去摘，常招来院里老太婆的大骂。

往前走，左转，有一个公用自来水站，接着高高低低十几根自来水龙头。记得，我不知道弄出了什么事，一早，又被班主任赶回了家，那天，大约没带钥匙，不能回家，就逛到了这里，看到一个中年女子蹲在那里洗东西。夏日，她穿得很少，站在她边上，从上往下，可以看到蹲着做事的她的胸部。或许我是小孩，她没有在意，我好奇地看了十多分钟才走。她用力在搓板上搓洗衣服时，抖动的乳房，记在了我心里，就像桑医培说的那些话——从陈文辉家去学校，一定会经过这里。

右转，是缝纫机零件厂的车间，到路头，就是零件厂的大门。

二哥长我四岁，他读小学时，还有学工活动，两三个星期不上课，就在这家厂里劳动。那是夏天，他盛了一搪瓷缸子的冷饮水回来；还会带一两个缝纫机的零件来给我玩，比如，那种银白色的小钢珠。

再左转，就到学校所在的那条路了。

过零件厂，先到同心路幼儿园。对于幼儿园印象最深的，莫过于睡午觉了，我睡不着，老师大声训斥，要我们闭起眼睛来，这对我实在是折磨。放学，常是大哥或二哥来接我。毕业那天，我和父母说好自己回家。老师死活不相信，说，家长不来，不许回家。于是我借口上厕所，就出了教室门，出了校门，一路跑回了家。

幼儿园隔壁，是我读了五年半的小学。

这里，有一很恐怖的事情可记。学校门的右边，是虹口医院的太平间。放学时，常有运尸车停在校门口。太平间的门此时一定大开，我就站在不远处，心惊胆战地看。会有一两个胆大的孩子，跑进那扇门去，然后，蹦跳着，窜出来。这时，有两个穿白大褂的人，抬着盖着白布的担架出来，担架一头的白布下，有一次，我看到露出的黑白相间的头发。然后，往白色面包车里一放，关上门，开车离去了。记得穿白大褂的人，呼来唤去的，是号码，大概死去的人，都被他们编了号——实在不明白，为什么要把太平间设在学校隔壁？

再往前走二三十米，就穿到同心路了。斜对面就是虹口医院的正门。

说了那么多，我家到底离学校多远呢？我讲一件事，你就知道了。

那天，我毛笔作业没做，谎称没带。班主任让我回家拿。我一路飞奔到家，倒了墨汁，拿起笔，在大楷本上快速写完。然后，把本子翻到写的那页，拎在手里，一路跑回学校。班主任翻着本子，大约字迹尚未干透，她略带疑惑地问："你是刚才写的吧？"我一口咬定说："不是，是昨天写的。"——现在想来，那时的我很有点"温酒斩华雄"的气概。

对了，从我家到学校，穿过142弄，只要五分钟。

粮店

从229弄出来，往左走，弯过酱油店，向前一百米，就可以看到一家粮店。

店门左边是扇木门，右边是七八块排门板。颜色暗红，斑驳着。开门时，排门板常被叠靠在店面一旁。

店堂很宽敞。有三四个营业员，他们脸上，常沾着白色的面粉。

爸爸有时会带我去买米。爸爸常说，阿娘老早关照的，每个月发了工资，先把米买好，一家人要吃的，菜没吃不要紧的，饭不好没吃！到了粮店，先拿着购粮证、粮票，到柜台上付钱，再到边上的出米口，接米。爸爸常买一百斤米，是籼米。我们家的定量是多少，我那时小，并不晓得。

爸爸拿了白色的米袋，套在出米口上。出米口是银白色的——木头上罩着铝皮。营业员叫一声，拉了像闸一样的东西，米一下子冲了下来，接完米，爸爸拉一拉袋子，用绳子把米袋口扎住，往肩上一扛，就带我回家去了。回家的路，有五六百米，爸爸扛着米一路回家，而我，就像跟屁虫一样，拉着他衣角，跟在高大的爸爸身后。

粮店，除了买米之外，每年春节，计划供应的年糕也在这里买。年糕两根两根成直角地交叉垒起，米白色——爸爸妈妈常为要不要买年糕而争执，因为年糕只我大哥和妈妈吃，爸爸大约为省钱，想放弃。

粮店里，还有面粉和面条，面条放在木头的、扁扁的、敞开的盛器里（我实在叫不出那东西的名称）。

粮店门口，还有飞上飞下，时来啄米的麻雀——它们显得很紧张！

现在，米店的位置，是一幢六层的居民楼。楼里，有几个是一直住在西江湾路上的老居民——他们看着我长大，而我，则看着他们变老……

西江湾路上的人流

西江湾路应该是"通幽"的小路，平常行人常是三三两两。记忆里，人如洪流的场面，有这样几次。

一次是，1976年10月粉碎"四人帮"的游行。

这天是星期天，吃过午饭，爸爸正在给我剃头（小时候，我们三个孩子的头，都是爸爸剃的，他有一套剃头工具）。忽然，一阵喧天的锣鼓夹杂着嘈杂的人声，从枪篱笆外传来，一剃完头，我立刻跑到院子门口去看，只见西江湾路上挤满了人，不知什么原因，队伍停在了那里。从衣着看，眼前是一支工人游行队伍，他们扛有毛主席、华国锋的画像，以及大幅标语。这时，正对着

229弄大门的队伍里，几个年轻人嬉笑着，有两个人甚至打闹出了队伍。

我知道这群人在干什么，看了一会儿就回去了。这时，爸爸还在给二哥剃头。

我说，知道这群人在干什么，是因为几个月前，小学一年级的我，也参加过一次"反击右倾翻案风"游行活动。那天下午，下着零星的雨，各班先在操场集合，每人发了一面写有标语的小旗：标语写在红色长方条的纸上，糊在竹竿上。校领导略做动员，队伍就出发了。路线是，出门往右，到同心路，再右转，沿中山北一路向前，再右转，从广中路右转到西江湾路，沿西江湾路转到同心路，回学校。

天公不作美，游行一开始，雨势渐渐大了起来。起先，还有人领着喊口号，之后，便混乱了起来，队伍走得快，有人跟不上，七零八落的样子出来了。队伍转到西江湾路时，雨水早已把竹竿上的标语打掉了，男孩子不怕雨，有机会淋雨，实在是高兴的事，且老师也不知去向，于是，我和班上的几个同学，拿着竹竿，嬉笑着对打起来，笑声混杂在雨声和凌乱的脚步声中……

另一次"洪流"，是七十年代末，附近几个中学上学的人群。

从西江湾路经过，可到的中学有水电路上的韶山中学、中山北一路边上的长风中学、西江湾路顶头的钟山中学、虹口公园边上的鲁迅中学等。二哥是长风中学80届的高中生，据他说，79届高中一个年级就有二十几个班，每班都有五十几个人。其他学校也大同小异。每天上午七点多，还有中午快十二点钟时，西江湾路挤满了人，像蝗虫飞过。十七八岁的年轻人，有的是精力，马路上充满了喧闹和欢笑声。

据说，79 届的大学录取比例是，二三十人取一人，考取中专、技校的，也是很好的了。于是，社会上有了"待业青年"这一说法。

几年后，就没有这样的场面了。西江湾路恢复了宁静，尤其是暑假的午后，路上真是可以"罗雀"的。

公用厕所

那时，西江湾路上的居民家里没有抽水马桶，方便的时候，用痰盂罐或马桶。另外，西江湾路上还有几处小便池，和一处可供大小便的公用厕所。

我就常常向爸爸"申请"去公共厕所大便。且一天要去两三次。一次，我不知生了什么病，爸爸领我去虹口医院看病，末了，他突然问医生：

"医生，这小人大便特别多，要紧哦？"

我听了，在一旁暗笑。

其实，爸爸细心点就可发现，我去大便次数多的日子，只有星期天的时候。星期天，父母在家休息，要盯着我做作业。于是，那里成了我的"避难所"。

公用厕所在酱油店前面五六十米处，从马路右侧的弄堂进去（从这里也可以穿到同心路小学去），走十多步，左转，就到了。门口坐着个卖草纸的老头子，多少钱一张已经忘了，自备草纸可以不要付钱。

至于小便池，除了提供"方便"外，还是附近居民倒马桶的所在。就像我前面提到的陈文辉舅妈那样。

虹口医院

小时候，我多病，常去同心路上的虹口医院看病。看病，自然要打针吃药。我若是去打针，是要哭翻天的。于是，爸爸抱我去虹口医院打针，总是说："阿拉到虹口公园去。"

那时，我只有三四岁，爸爸抱着我，出229弄，右转到花园路，再右转，朝前走两百米，就到虹口公园了。门口走一圈，朝右转，到四川北路，再右转，往前，就转回同心路了，这样，医院也就到了。

近来，突然想到，爸爸给我的最早记忆，也是在去医院的路上。走的是去小学的那条弄堂。我两三岁时，喜欢咬自己的脚趾头，于是大脚趾感染了。爸爸抱着我，走过同心路小学的门口，他一边走，一边把我半抛起，逗我玩。我还记得他当时的笑容，和发出的"噢""噢"的声音。大约我正在为去医院而哭泣呢！那是个夜晚，学校门口的路灯是昏黄的。

小学五年级到初一这段时间，我找不出原因地突然血尿。在这两年里，我一直要往虹口医院跑。

因为查不出原因，身体也没有哪里痛或痒，于是，爸爸就带我去看中医。

医院的格局有些怪。正门进去，有个十多平方米的厅，两侧墙上是玻璃橱窗式的报栏。有一次，爸爸去配药，我在大厅等，在报栏里，我看到《解放日报》上一整版回忆茅盾的文章，大标题下，配有茅盾的照片：蓄着整齐的胡子，在书桌前，凝视着前方。这是1981年的事了，这年，他去世了。

朝里走十来步，右面是配中药的地方。看病的各科室，在左右两边的一排房间里。进门的厅，处在整个医院正当中。从整体看，医院是长条形的。马路对面，是医院的急诊室。

这两年里，给我看病的，是一个三四十岁姓唐的女医生，黑黑的，长得蛮好看的，很和蔼，常微笑着，轻声问我一些问题。我吃了她的药，血尿渐渐止住了。

年龄渐长，我越来越强壮，去虹口医院的次数少了。然后，读初中和高中，学校不在这边，平时基本不来这里，以至医院什么时候拆掉的，也不知道。

大约二十岁时，一天，爸爸突然讲起："小辰光，帮侬看毛病的唐医生死掉了。"我有些吃惊。但二十岁的我，忙的事情太多，且只朝前看。很快，也就把这事忘掉了。

小菜场

小菜场在穿过同心路的那一边，一直到西江湾路尽头的俞泾浦。河边的那条路，叫横浜路。

路的两边是石磨的一个个柜台。那时小菜场是国营的。营业员是菜场的职工。靠近同心路口，有一家饮食店，上海人叫"大饼摊"。当时上海大部分菜场都有这样的饮食店，卖大饼、油条、豆腐浆等。大饼分甜大饼、咸大饼，分别要四分、三分和一两粮票。还有葱油饼、麻球等。那时候，我们家的早饭，一直是泡饭、剩菜，吃大饼油条的日子，我是不记得的。

在西江湾路和花园路右转的路口，也有一家饮食店，除大饼、油条外，还卖阳春面、猪头肉。猪头肉要一角钱一小纸包，那小包是折成三角形的，但我不记得吃过那店里买来的猪头肉。

我第一次吃到油墩子，是在初一的时候。那天我发寒热，没有去学校，一直昏沉沉地躺在床上。爸爸下班后，到床边来看我，他笑着爬在床上，俯身问我，好点了吗？我忘了怎么回答的了。爸爸说："爸爸买油墩子给你吃好吗？"我也不知道怎么回答的。爸爸离开了一会儿，拿着油墩子回来了。把我扶起，说："老好吃的，起来吃点。"那天吃的油墩子味道早已忘了，但爸爸的笑容印在了我心里。

那时的小菜场并没有给我留下太多的记忆。因为爸爸烧的菜里，没有什么特别好吃的菜。爸爸常说的是："小菜场兜一圈，没啥东西好买的。"

但，四年级暑假里，有一次买菜的事，至今还记得。下午五点多，小菜场营业员推了黄鱼车，到229弄门口来卖菜。妈妈叫我去买点鸡毛菜。我拎着篮头奔出院子。营业员帮我装了满满一篮子鸡毛菜，称也不称，说："五分钱。"我付了钱，转身向妈妈汇报去了。

后来，小菜场变成了集贸市场，大饼摊也消失了。这点职工不晓得去了哪里。院子里有个年轻人，当时就在同心路口的大饼摊里做生活，后来听说他考了试，做警察了，现在，在提篮桥监狱里做小头头。

几爿工厂

西江湾路上，那时曾有过几爿工厂。三十年过去，那些工厂早已不见了踪影。

最大的一家是华联制药厂，在花园路与西江湾路交叉的转弯处。正门在过花园路，沿西江湾路前行约一百米处，靠左。在花园路上，有一排枪篱笆，是药厂的围墙，里面一排房子里，养了很多做实验的狗之类的动物，老远就能听到不停的狗叫声。

很多年后，我和宗洲师合写《上海旧事》，查阅资料，晓得，大约在药厂的位置，有一个"六三花园"，是二十世纪初，日本人白石六三郎经营的一座日式花园，占地一万至两万平方米，园内有茶室、网球场、大草坪等。民国二十年后，为日军高级军妓院。抗战胜利后，园废。所以这里称为花园路。现在，这里造起了两幢高楼，成了"龙之梦"商务楼。由之前或许的荒凉之地，到六三花园，到制药厂，再到现在繁华的"龙之梦"，是可以感受世事沧桑的。

不到花园路的西江湾路路口，另有一工厂——橡胶八厂。小时候的记忆是，大卡车上，装着黑色、撒有白粉的、卷成圆桶状的橡胶，往厂里运，还有，就是进出厂门、穿着淡蓝布工作服的工人们。现在，这里已成了一个地铁站。记得，不知是谁曾从厂里搞出了一个橡胶球，有拳头那么大，我借来，拍了几下，弹性很足。

再往回走，到弯进公用厕所的那条弄堂口前五十米的地方，也有一片工厂。工厂的名字我已经忘了，只记得这样一事：爸爸搀着我的小手，经过那家厂的门口，见大门上方的两侧，各撑着一面升到一半的国旗。我问爸爸，这是什么意思。爸爸说："这是降半旗。"

我们边说，边走过工厂大门——现在，它被改建成了一排商务楼和一个小菜场。

爸爸的单位

爸爸单位是解放军后勤部的一个工程队。地址在同心路 1 号。说是在同心路上，其实与 229 弄仅一墙之隔。并设有一道门，那道门有段时间是常开的，爸爸上班，从家里出来，走进厂里，只要半分钟。

小学一、二年级时，学校下午常不上课，这段时间，我都是在爸爸单位度过的。爸爸当时在做漆匠，油漆间里，他最年长，有三四个徒弟。有一间换工作服的房间，我就常常坐在那里的小板凳上，被盯着做作业。爸爸喜欢指导我写作文。他帮我选好材料，让我先打草稿，然后，我站在边上，他一字一句修改，改完，要我读一遍给他听后，再誊抄。

在厂里，最好玩的是套知了和捉蟋蟀。套知了我水平蛮高的，拿一根竹竿，拗一段铅丝，成圆口状，在圆口上套一个塑料袋，把铅丝另一头缠到竹竿的一头上，这样，捉知了的工具就做成了。

漆匠间门口有一排梧桐树，右边成直角的一排房子，是木匠间，前面也有一排树。走到工厂大道上，道两旁也种着许多大树。烈日当空，知了长鸣，是捉知了的好时候。树下，看到趴在那里的知了，举起竹竿，慢慢靠近，一下子罩上去，稍稍向下一抹，知了就落入袋中了。半小时，套十几个知了，应该是没问题的。

至于蟋蟀，我捉的技术不高，也没捉到过善斗的，只是养在家里，听听叫声而已。

另有可记的一事，是毛泽东的逝世。那天下午三点多的时候，我在漆匠间门口做作业，突然，架在树上的大喇叭响了起来，说，有紧急会议，所有人到大食堂集中。于是人们纷纷走出了工场间。

爸爸对我说："好好做作业噢。"

整个工厂变得空荡荡了。那天，我真的蛮老实地在做作业。一会儿，喇叭里响起了一个男子沉重的声音："……沉痛哀告……伟大领袖和导师毛泽东同志……逝世……"

爸爸回来了，见我仍在做作业，摸摸我的头，问："晓得啥事体哦?"我抬头说："晓得的。"

第二天到学校，在校门口每人发了个黑纱，戴了起来（这年，之前的周恩来、朱德的去世，我们已戴过两次黑纱），之后，全校师生还组织观看了追悼会的电视实况转播。每个班级一台电视机，电视机不知是哪个同学家里搬来的，九吋黑白，放在叠上讲台的椅子上。我们跟着追悼会的进程，或默哀，或听悼词——那年，我读小学一年级。

领袖去世的时间是 1976 年 9 月 9 日。这年十月，"四人帮"粉碎，之后，学校下午就很少放课了，我也只有周六下午去爸爸的厂里了。

林肯坊、托儿所和公园坊

229 弄出来，朝右一百米不到的地方，有一家托儿所。它对面是林肯坊，隔壁就是橡胶八厂。

先来讲林肯坊。它位于西江湾路 264 弄，是上世纪三十年代的建筑，有二十几幢红砖联体别墅式的房子，在西江湾路上，有一扇大铁栅栏门，右侧墙上，有用水泥弄出来隶体的"林肯坊"三个字。到小区里面，要走一条两边是围墙，笔直，近百米长的路。虽然这里住着几个小学同学，但我很少到里面去找他们玩。

估计早先是有钱人住的，当时也都已成了"七十二家房客"式的合住状态了。

跟桑医培在林肯坊玩得最多的，是一种叫"吃老米饭"的游戏：就是一个人跟着另一人，爬林肯坊铁门和水泥大门框，爬到另一个人不敢跟为止。记忆里，桑医培赢的多，他敢爬到水泥门框最上面，并来回走动。我最多爬上铁门，然后摇动铁门。

对面托儿所，是我们暑假经常踢球的地方。走进绿色的铁门，这里有一块手枪型的水门汀空地。下午四五点钟时，托儿所里的孩子被领得差不多了，我和钱宁、李澄宇还有我们院子里的两兄弟，常到这里来踢球。印象最深的有两件事：一是赤脚踢球，在这里踢球，我们大都赤脚。于是，放假后第一次在这里踢球，脚上都会起水泡，直径约一厘米。我常常把它剪掉，弄掉水，露出里面粉红的肉来。这时，这部分碰到任何东西，都会很痛。两三天后，皮长厚了，再踢球，这个夏天就不会再起泡了。二是捡球，托儿所房子估计是日本人造的，离地半米，腾空造起，可防地下潮气。"枪管"，即那一长条空地的左侧，敞开着四五间的"地下室"（拦开的水泥墙，大概是房屋的承重墙），"门"约半米高，深三四米，球若是踢进去了，就得俯卧着爬进去捡，里面是黑土、乱石，肮脏不堪，又是夏天，异常闷热。但那时，大家都喜欢踢球，也就不觉得什么了。所行的规定是，谁踢进去，谁去捡。

我想这幢房子大概是某个日本有钱人的住宅。两层楼，正门正对大铁门，门前有四五级石头的台阶，走上去，左右两侧有两根廊柱，两三平方米的大理石铺成的半圆形的地坪（大理石用红白两色，铺出花纹，而白色居多），上面是二楼的露台。然后是两扇大木门，里面地板、楼梯都是木头的。

位于西江湾路中段的 476 弄——公园坊，现在似乎更有名一些。因为弄内 8 号，是曾任中国国民党主席、台湾地区副领导人等职的连战，小时候在上海居住过的地方。

公园坊公寓由六排毗连住宅组成，一字形排列，坐北朝南，高三层，均属欧美毗连式公寓，整体呈现代派风格，局部带古典韵味。

1933 年，连战祖父连横来上海定居，即居住于此。连横是中国近代著名爱国诗人、史学家，被誉为"台湾文化第一人"，著有《台湾语典》等，并整理了《台湾通史》一书。连战父亲连震东毕业于日本庆应大学。1945 年台湾光复后，连震东担任首任台北县长，以后又担任台湾省政府民政厅长、台湾省政府秘书长、台湾行政当局"内政部长"、台湾地区领导人办公室资政等要职，是台湾政坛的"不倒翁"。

抗战期间，这里曾为日军军官家属宿舍，抗战胜利后，为国民党军官宿舍，上海解放后，由海军接管使用。因为是部队的房产，公园坊得以在现在大拆迁的时代，保留至今。

相较而言，林肯坊和托儿所就没有那么幸运了。2004 年，它们被拆除了，林肯坊一侧，造了地铁十号线及一长条商业用房，托儿所一侧，造了一圈圆形的居民住房。

林肯坊要拆前，有人在走进林肯坊右面的墙上，刷了"保护老民居"之类的标语。

虹口公园

从西江湾路走到花园路，向右走二三十米，就可以看到虹口公园的围墙了，当然，正门是在四川北路上，还要过一条铁路，大约走上一百米才到。因为近，所以常去。

讲常去，并不是说父母常领我们去玩，记忆里，我们家从没有一起去过公园。那时，公园门票要五分一张，即便只算两个大人，也要一角钱。父母都是节俭的人，母亲从外公家回来，想吃一碗八分钱阳春面，站在花园路饮食店门口，想了半天，还是没吃。

讲常去，是指我，我当然没有零花钱，是翻墙进去。

公园和体育场仅一墙之隔。进体育场不要钱，那隔开的一墙，每隔十几米，就有一扇永远关着的大铁门，我通常往里走几扇门，靠里面些，避免被人看见。朝体育场的是门的背面，有水管制成的门框，很容易爬上去，翻过去，门正面是光光的，吊在半空，手一松，就到公园了。公园这边会有些游园的老人，但看看也就走开了。

去得最多的，是初中时候。那时做了坏事，班主任常说，叫你们父母来，否则不要来学校。这是道选择题，我当然选择不去学校。孩子的心理是，混过一天是一天，只图眼前，所以，孩子永远是快乐的。

不上学，又要在父母面前装出去学校的样子，就只有背着书包，去公园游荡了。公园里有些舞剑、打拳的人。我看一会儿，然后，沿湖走，看看深绿色的湖水，早上的湖面空荡荡的。再转到假山的亭子上，听几个老头拉琴唱戏。混到放学时间，就回家吃中饭了。

也因为写《上海旧事》，我查阅过有关虹口公园的资料：公园于光绪二十七年（1901）由公共租界工部局筹建，采用英国园林专家斯德克（W. Lnnes Stuckey）的设计方案建造。光绪二十九年（1903）改称虹口娱乐场，民国十一年（1922）改名虹口公园，民国三十四年（1945）改名为中正公园，1951年复名虹口公园。1988年10月19日，更名为鲁迅公园。

园内的鲁迅墓，及发生于1932年4月29日的韩国义士尹奉吉的事迹，已广为人们知晓，不说了。

说到钓虾，忽然想起，我也曾在虹口公园里钓过虾，且钓到过五六只。在家里的水缸养了两三天，被我煮了吃掉了。那时，大概也是初二的时候。

现在，虹口体育场已重建，更名为"虹口足球场"。再要去公园，已无墙可翻，拆墙之后，两边来去自由，公园也不收门票了。但不晓得多少年了，我再也不曾有过，少年时，那种在公园里漫无目的的游荡了。

淞沪铁路

前面提到的那条铁路，是中国第一条铁路——淞沪铁路。

它有一段与西江湾路几乎平行，这一段沿马路筑了墙。八十年代初，从花园路到同心路这段铁路边的围墙下，是一个恋爱圣地。那时，上海人家里住房小，谈朋友常无处可去，于是，哪里暗就往哪里钻。这里，路灯照着墙外，围墙内较暗，且铁路边较僻静，在这里比较放得开。就这点，我以为是要超过上海滩著名的外滩恋爱墙的。

夏夜，墙下当年每隔两三米，就会有一对青年男女，或站立相拥，或坐在地上的石头上，姿态各异，很是壮观。

炎夏酷热难耐，院子里的孩子们坐着闲聊，这天，一个比我们大四五岁的孩子，说："走，带你们去看人家谈朋友。"我们是似懂非懂的年龄，就哄笑着，跟了去了。

出院门，右转，到花园路再右转，前面大约五十米就是铁路了。他停了下来，说："不要老刮三的，盯牢人家看。"我们笑着，跟了走，进了铁路，我们做出一副低头走路的样子，都微微侧过脸来，偷看，只见墙下一对对男女，"三步一岗，五步一哨"。那大孩子回头轻声说："看这两个人，像 808 手铐铐牢一样。"我斜眼看去，那对男女正紧紧拥在一起。因为匆忙，黑暗里，看得并不真切，又走了几步，他又说道："侬看，那个男的手伸到那个女的衣服里去了。"我们正要细看，他忽然又说："不要盯牢人家看，当心被人家骂山门！"大家暗笑着，急急走完了这段路。

还有可记的是，七十年代，在这条铁路上自杀的人比较多，有一次，桑医培特意拉我去看，说是脑浆还在那里。我在枕木上，看到暗红的几摊血边一点点白色的东西，桑医培硬说这就是脑浆。那时，我常常想：他们为什么要去死呢？我不理解。

1997 年，淞沪铁路被扒去了。历史上，这条铁路曾两次兴废。1877 年 10 月，通车不到一年，因轧死一农民，乡民激愤，势将毁路，于是，清政府以白银二十八万五千两，向英商怡合洋行购回，随即拆除，移往台湾。至 1896 年，铁路大臣盛宣怀奏请，又重新修筑起来——现在，它又被拆除了，顺着原先的铁路线，下，筑了一条路，上，修了一条轻轨。

未拆前，沿同心路的铁道往下，可以看到铁路两旁横七竖八搭建有很多棚户房子，住有居民，沿宝山路的这排房子，前门是马路，后门是铁路。这种情况总有数公里长。有人戏称，这里的孩子是铁道游击队的后代……

写完这篇文章，一日，我在长春路一家旧书摊上，购得叶圣陶先生 1959 年出版的一本小册子《小记十篇》，书中《黄山三天》一文中，有这样两句话："写游记最难叫读者弄清楚位置和方向，前啊，后啊，左啊，右啊，说上一大堆，读者还是捉摸不定。我想把它说清楚，恐怕未必真能办到。"想到这篇文章，也有很多关于位置、方向的叙述，那么，叶先生的这段话，实际上也写出了我的心情，虽然，我写的并不是游记。

因为这个原因，所以，我把这件小事记下来，作为全篇的结束。

2017 年 3 月 20 日发表于《上海纪实》

后收入《拂去烟尘·2017〈上海纪实〉精选本》

附言

我写这篇文章，只是往事萦绕心头，想表达。这一大篇文字写完后，也不知道可投去哪家刊物。一个偶然的机会，晓得作协有份《上海纪实》的电子刊物，便投了过去。一天下午，我在虹口足球场踢球，下了场，看到朱大建老师发的短信和他打的电话，我电话打回去，朱老师问我，这篇稿子其他刊物发过哦？我说，没有。他说，那我们刊物好用的。要我去拍点照片，来符合刊物的要求，我照做了。数月后，文章发表了。点击量渐达一万六千余。

之后，我在《上海纪实》上，又发表了四五篇非虚构文字。

我为人木讷，采访唐宁老师（她的非虚构作品《归去来兮》，我以为是一部了不起的作品）时，她说，朱总如何如何。我有些纳闷，她说的是谁？后来才得知，朱老师曾担任过《新民晚报》副总编辑，是著名的散文、报告文学大家。内心惶恐，又充满感激。

第二辑　师友

陶渊明说"人生实难",的确,每个人一路走来都不易。我当然不例外。好在有这些关爱我的师友,感谢你们包容我的愚笨,甚至一些恶习……

怀念我的老师宗洲先生

沈宗洲先生，笔名宗洲，是我读专科时的老师，教授现当代文学，先生生于一九三六年一月二十五日。我师事他十四年，于二〇〇三年十二月一日去世。是夜，我久久不能入睡，夜半，又辗转醒来，想到与先生相处的时光，深感丧师之痛。

直到现在，我仍能清晰地记得，第一次见到先生时他的样子：有些黑的脸庞，头发稍长，他常伸手去捋一下前额垂下来的头发。刚开学，还是初秋，先生穿着风凉皮鞋，中筒咖啡色的丝袜，上身大约是白色有领子的T恤。

有一次，下课，我走出教室，摸出"健牌"来，正好先生出来，我递一支烟给他。他接了烟，看了看，转身离去前，笑着说："傅勤，你吃价好香烟做啥！"

我朝他笑了笑。

那天，太阳很好，教学楼的过道上，满是阳光。

当时，先生已是上海作家协会会员，而他的纪实小说《橡胶大王传奇》，正在《解放日报》上连载，之后又被改编成广播剧和电视剧，并在上海人民广播电台及中央电视台播出。这对于我们这些刚刚二十岁，视文学为圣殿的青年人来说，是由衷地敬仰的。

一次，我对先生说，我也在写小说，先生很高兴，说，下次带给他看看。后来，我把一篇习作交给了先生。之后便是寒假了，年轻人玩得早已把这事忘了，谁知先生来了电话，说，要我去他家一趟，和我说说我写的东西。

那天，我多少带着些惶恐的心情去先生家的，一则是对他的崇敬，另外，则是担心自己写得不好，受他的批评。谁知，那天先生说的居然都是鼓励的话。我多少也有些不知所措。二十多年过去了，我已记不得先生和我说的那些话了，记忆里，关于那次交谈的，只有这样两幅画面：我在楼下的客厅里站着，这时，先生穿着咖啡色的绒线短大衣，抱着女儿，从楼梯下来，招呼我的样子；还有就是，我坐在沙发上，多少有些紧张地听着先生说话的情形。

　　后来，我又拿了些习作给先生看，先生也总会给我提出些建议，但我悟性差，听了也从不去修改自己的习作。（很多年后，一次，在先生家，又谈起这个话题，先生有些生气地说，你就是不肯修改自家的东西！这是啥道理呢！）再后来，我毕业了，年轻人贪玩，先生家住得远，何况，我多少有些不善于交往，哪怕是我愿意亲近的人，这样，大概我们有五年未曾见面。其间，先生曾写来过信，信里有这样的话："你还年轻，一旦找到了自己的人生位置，那就要坚持下去。不能坚持，难成大事。这是我的经验。"那时，我也真年轻，二十二岁，对于先生写的话，看过就忘。

　　这期间，我工作、结婚、生子，再后来，我与先生又相遇了。那天我去学院，快要走上大楼的楼梯时，先生正好迎面走来（那天也巧，照例他平时是不来学院的）。他老了些，脸上依旧黑，脸颊上添了竖着的印纹，是春天了，他敞着夹克，笑着站在楼梯前，问我，最近还好吗？我把自己的情况简要地说了。先生问，东西还写吗？我说，写的。先生说，好的。并告诉我，他搬家了，就在和平公园边上。这样，我又开始与先生往来了。

　　有段时间，我的写作很不顺，常在先生面前流露出沮丧的心情，次数多了，先生就劝慰我，说："夏衍曾说过，每一部失败的作品，实际上都是通向成功的垫脚石！我开始写东西的时候，也一直这样的，后来会好的。"我说，高二时，一次和同学闲聊，说，我长大要做作家。那场景、那话，至今我还一直记得呢。先生说，好的，兴趣或许就是你才能的所在。

终于，1997年时，我的一篇小说在《萌芽》杂志发表了。那天，我兴奋地拿着杂志社傅星先生给我的信，骑车冲到了先生家里，把事情告诉了他。就在家门口，他站着看完了信，笑着连声说，好，好。然后，才引我进门落座。后一天，他带我去一家宾馆，见与他一起写剧本的一位作家朋友，一进门，就对朋友说：

"傅勤，我的学生，刚刚在《萌芽》上发表了处女作。"

之后，又笑着加了一句：

"真正的处女作！"

我知道，先生性格耿直，从不求人，但为我，他愿意。

他认识一位上海作协的领导，自认为与他关系不错。那天，他参加了作协的会议后，对我说，作协经常举办青年文学创作班，这次我碰到他，跟他说起了你，他说，好的。先生的意思是，参加学习班，能学到点东西，或许会有更多发表作品的机会。这样的推荐或许叫请求，我还曾当面听到过。一次，几个作家朋友到先生家搓麻将，他叫我陪着玩，吃饭时也叫我一起去。饭桌上，先生对其中一位在作协工作的朋友说：

"青创班你们现在还搞吗？搞么，叫傅勤一道去参加。"

那朋友先说，不大搞了。后来又说，好的，我晓得了。

等他说完，先生又微扬起下巴，加了句，叫傅勤参加参加。

谁知，一天先生在报纸上看到上海作协的青创班开班了，多少有些惊讶，也有些生气。那天，他对我说：

"我写张纸条给你，你去找他，他会帮你解决的，他答应的。"

这张纸条我至今保留着：

某兄：

报载上海青年文学作者（纸条上就是这样写的）培训班开班。傅勤在《萌芽》发过一些作品，现在仍笔耕不辍。半年前，我曾在国际会议中心餐厅向兄推荐，兄也允诺给他培训的机会，不知还能进去否？请兄想想办法，谢谢！

傅如今在某中学教书，顺告。

专此奉达，即颂

时绥

宗洲顿首

二千零二年十月十三日

不知为何，我觉得有些不妥，没有去找那位作协的领导，稍后几天去见他时，说，去过了，已参加了青创班。他听了很高兴，说：

"你看，我的信还是有作用的吧！"

他多少还是有些天真的，甚至都没有去问一问！

先生的耿直和天真，还表现在容易得罪人上，而且，他常常得罪了人，自己还不知道。我就曾看到过一次，他约了几个朋友来他家玩，其中一位晚到了一会儿，一进门，先生就说他，缺乏时间观念、不尊重人，等等，那朋友被他说得脸尴尬着，先生却依旧板着脸说着，直到另一位朋友来打了圆场，才作罢。

对于我，他也是如此。

那时，我写了习作，总要先给先生看，然后再寄出去。一次，先生在病中打电话来，请我到他家去，要和我说说前几天我给他看的一篇小说习作。那次，先生坐在床上，斜靠在床背上，和我讲了半个多小时。小说写得不好，先生的话，有些重了。我受师恩之多之重，常浑然不觉，且年轻气盛，对先生的话，颇有不服。出先生家门时，心里甚至很有些怨气。

还有一次，北京的一家出版社约先生写一部书稿，当时，他大病初愈，怕完成不了书稿，就请我和他一起写。我知道，这是先生的提携。框架定好后，先生让我试写几章，交给先生后的一天，我再去他家，他递给我两大张信纸（先生看过我的习作，总要把自己的意见写下来。所用的纸，常常是一些"废纸"。有的是半页女儿弹钢琴的空白五线谱，有的是随报附送的广告纸，有的是女儿学校所发的通知……他总能从这些纸的反面或空白处找到写字的地方——我至今保留着先生给我的所有信件和纸条），说："你看看！"

致傅勤

读后感觉：

就内容而言，我未研究不便妄断，但表述文字粗糙，欠流畅，某些句子甚至不通顺。"但""也"滥用，有一节文字上下句几十个字，连用三四个"也"，难道就没替代文字？

粗糙往往与啰嗦相连。记住，反复是好的，重复是不好的，特别在几十个字的句子里，有的词或词组重复出现，应尽量避免。

……此文我做了修改，希仔细看看每一改动之处，若有所悟，就是进步。

……

你最好细读几篇我的文章。

宗洲

随后，他又拿着稿子，一句句给我分析，我满是惶恐和羞愧。

这部书稿就是署着我和他名字的《上海旧事》，现在，它就在我书橱最容易看到的地方，每次看到它，我就会想起先生是怎样待我、是怎样教我的！

先生去世前，给我看的最后一篇文字，是我正在写的一个长篇习作三万字的开头。因为我的文字往往局限于个人生活，先生常劝我要跳出来（这是他那一代人的想法），所以，先生在写给我的"纸片"上，最后一行字写的是：

"……力气还是要用在紧要的现实作品上。"

所署时间为"二〇〇三年初夏"。

先生去世前三个月，我去看他。当时，他第一次化疗刚结束，在家休养。进门时，他正在整理旧书信，见我来了，就直起身，坐到躺椅上，停了片刻，说：

"小作家嘛，这点信也没啥用场了，趁还弄得动，处理掉一点。"

我听了，呆坐着，无言以对。此时的他，头发因为化疗，已稀疏得看得见头皮，愈见病态。

他又讲到他过去的一些事，忽然，指着电视机柜里的一盒录像带，说道：

"以后老师没了么，想了，就看看这录像带！上头有我在《橡胶大王传奇》开作品研讨会时的讲话，大概十多分钟。"

他的话语淡定、从容，仿佛说的是他人的生死。我想起了数年前，谈起一位亡友时，他说：

"他和我一样，是一位看淡生死的人。"

先生常自称是"小作家"，"文革"后开始写小说，再转而搞纪实文学，采访旧上海的"橡胶大王"杨少振先生，写出了关于他的一系列纪实作品；后几年，写了有关旧上海的作品，出版了两本这方面的书：《上海旧事》《瑰丽的海》，另写有约五十万字的关于旧上海的小说《混血女》。该书原有一家出版社答应出版，后因先生去世，责任编辑调动工作，事情便不了了之了——之前，有一次，先生说，要写一部长篇的自传体小说，不知何故，一直未写。

先生嗜烟酒。每次去先生家，总见他坐在阳台的书桌前，吸着烟，候我。见了我，就站起来，说：

"自家泡杯茶去。"

一九九五年时，先生患心肌梗死，戒烟一年余，复又吸烟。二〇〇三年八月底，被查出肺癌，仍不愿戒烟。

记得先生刚去世的那几个星期，我一空下来，就想到他，下课，走回办公室的时候，或者骑车回家的时候，经常想到的一个问题，就是"先生真的死了吗"，我感到有些奇怪。

十二月一日，下班去先生家，探望师母。一路上，熟悉的道路依旧，想到过去无数次地往返在这条路上，想到以往每次去，都能见到先生吸着烟候我的情形，而今天凌晨，先生已经去世，我此去是再也见不到他了……

所有的这一切，是何等地令我悲痛啊！我不禁又落下泪来……

先生去世前，留有遗嘱：不举行追悼会，不做坟墓，骨灰愿归于大海。

几年前，我翻看一本介绍虹口区名师的书，里面有一篇介绍我熟悉的老师的文章，看了一页，忽然觉得那文字是这样熟悉，忙翻到文章的结尾，果然署着"宗洲"两字。心里很是感动！起身，请学校文印的老师复印了一份，坐在办公室里，又去读这篇文字，眼前浮现的是宗洲师，伏在家里窗前写字台上写作的情景。

我知道，我还一直想念着他啊！

我很想拿出些成绩，来告慰他的在天之灵：我没有虚度这些年，我还在努力！从来不曾放弃，先生和我说的每一句话，我都还记着呢！

附言

宗洲师离去，每当写完一篇习作，我常想，再也没有人那样读我的文字，写给我那样的纸条了。内心常有彷徨无依的感伤。

有那么好几年，学校工作特别繁忙，回到家常常是精疲力竭，但是我仍断续地学习写作。很多年后，读到《雷蒙德·卡佛访谈录》，其中有这样一段文字：

"回忆约翰·加德纳（死于1982年——原文如此）时，他说：'他保持信念——不屈不挠。'我说这句话也可以用在卡佛身上。他耸耸肩，笑了，多数时候是这样，我在努力。"

稍改几个字，这话也可用在我身上——少数时候是这样，我在努力。

约翰·加德纳（1933—1982），美国现代派作家。卡佛在加州州立大学奇科分校学习时，报了他教授的创作课程。卡佛说："我确实在他那儿学到了东西。"

——这句话，我也可以一字不改地对宗洲师说。

2024.12.7.

那个秋风秋雨的下午……

走进沈宗洲老师家门时，我手里拎着湿漉漉的雨披。师母开了门，立在一旁说：

"沈老师在里面，进去好了——雨披放到浴室去。"

我应了声，走进沈老师的卧室兼书房，见他正蹲在那里，在打开的书橱前整理着什么，身旁的独脚圆桌上，堆着两沓书刊。

"侬在弄什么？"

"老早写的一点东西，趁现在还弄得动么，整理整理。"说着，他直起身，坐到身后的躺椅上，说，"去，去泡杯茶——头发揩揩干。"

我回来时，沈老师说：

"外头雨蛮大的是哦？"

"还可以，蛮密的——就是落雨了，天有点冷下来了。"

边说，我边看了沈老师一眼：面色黑黄，额及脸颊上，因为瘦，划着几条深深的皱纹，头发花白，略显稀疏。他容貌的变化，让我心头一震。

"样子有点变了，是哦？"

"没啥变呀，不是跟老早一样嘛！"

"头发落了蛮结棍的，汰头的辰光，头一揢就落交关头发。"

"——看不大出。"

今天，沈老师穿了件粗绒线结的睡衣，咖啡色的，束着腰带。我记得十五年前，第一次上沈老师家时，他也穿着这件睡衣。那时，沈老师住在康定路上的一幢石库门房子里。当时，自己坐在底楼的客厅里，师母端上一杯茶来，这时，楼梯上传来一声声的脚步响，见沈老师走了下来，我忙站了起来。

怔了片刻，放下茶杯，我走到沈老师身后的窗台前，看了看窗外，沈老师的家在六楼，从这里可以看到和平公园的一条林荫道和人工湖的一角。现在，公园里空荡荡的，全都笼罩在阴沉的雨幕之中，林荫道旁，粗大的梧桐树的叶子已落了大半，露出斑驳的枝干，零星挂在枝头枯黄的树叶在风雨中摇摆，像要随时落下来的样子。

"侬上次给我的小说我看好了，在边上的写字台上，写了几句话，侬去看看。"

我拿起桌上的旧信封，抽出小说的打印稿，翻开，里面夹着沈老师写了字的那张纸，十多行字，整齐划一，字迹粗壮，略带潦草，但依旧有力。这是我所熟悉的，每次带着习作给沈老师看时，他都会附上这样的一张纸片。看完后，我发觉这是一张房产广告纸，这也是熟悉的，每次沈老师的字，总是写在这样的"废纸"上，又翻了翻稿子，上面有几处作了些改动。

"看了之后，想一想，好改么，改一改。侬有一个习惯，就是不喜欢改。该改还是要改。"

"好的。"我把稿子塞进了信封，走过来，放到圆桌上。

"来，坐一歇哦。"说着，沈老师递过来一支烟。

"——侬还吃香烟啊！"我看着他，没有接那烟。

"做啥，我跟香烟有缘的……"

我最终还是接了过来，他坐到了边上的一张靠背的椅子上。

"侬不是不晓得，十年前头，我心肌梗死救过来之后，戒过香烟的，难过得不得了，戒了整整一年，连做梦也做到在吃香烟——我跟香烟有缘的——就这个样子吧！"

"——这是什么？"我沉默了片刻，指了指沈老师手上的一本大红本子，问道。

"这是我那个纪实小说《橡胶大王传奇》召开作品研讨会的签到簿，作协的领导也来了一些，侬看。"

"噢——后来还改编过电视剧跟广播剧的，是哦？"

"电视剧拍好的辰光，还举办过一个首映式的，也有一点作协、电视台的领导来参加的，我在会上也讲了话，这拍了录像的，哎，就放在这里。"沈老师指了指斜对面电视机柜的抽屉。

翻着这本正方形的大红绸缎的签到簿，他说：

"这辰光，做过一点排场的。"

"老早，侬是写小说的呀。"

"是的呀，但写了一段辰光，觉得写不过人家。小说要有较深刻的思想，这是我最缺乏的，似乎也没什么办法，才气也不够，这也是勉强不来的。所以，我只好做做小作家——有辰光想，没有我们这种小作家，啥地方来这点大作家呢。"

"……"

"但纪实作品，题材我还是抓得蛮准的，像中日围棋擂台赛上六连胜的江铸久，像这个旧上海的橡胶大王……"

"傅勤，加点水哦？"这时，师母拎了铜吊走了进来，"热水瓶冲了，还多了一点。"

"好的呀。"

"我拿灵芝粉冲给你吃好哦？前头，吃过中饭，现在吃么正好呀。"

"好的。"

"这张照片是啥人啊?"

我拿起桌上一张很小的黑白照片。照片上的年轻人似乎站在台阶上,正拿着小号在吹。

"这是我呀。刚刚整理的辰光寻到的,是读大学的辰光——风华正茂,这辰光多年轻啊!"

"侬会吹小号啊?"我依稀辨出了些沈老师的样子。

"年轻的辰光欢喜的东西多,音乐、足球、桥牌、围棋,这辰光多少有些年少轻狂。考大学,我的成绩,啥大学也考得进,但是,我爸爸死得早,屋里没钞票,我妈妈讲,就考师范大学哦,读师范,不要学费,还有十几块钱的助学金。"

这时,师母把冲好的灵芝粉端了上来,还递了根筷子给他,让他再搅拌一下。

"刚分到中学里教书的辰光,就有人背后讲我,这年轻人蛮有才气的。我想,将来我冒得出来,就叫有才气,冒不出来,什么也不是。"

他停了停,把碗里剩下的灵芝粉喝完了。放下碗,我递给他一支烟,他点上,接着说道:

"啥人晓得,我三十岁不到,'文革'开始了,一个学生讲我,上课讲社会主义也有当铺,也有穷人去当东西,是对社会主义不满,给社会主义抹黑。然后,就把我揪出来了,先批斗,写检查,交代问题,还关了几个礼拜。"

"那侬讲过这种闲话哦?"

"后来,我想起来,大概一年多前,有一天上班踏自行车,经过我原来住的地方,就是康定路这地方,当时还有一家典当店,后来没多少辰光就关掉了。这天早上，我经过店门口，看到有几个人在排队等开门，当东西。这天上课讲到是鲁迅的《〈呐喊〉自序》，里面不是讲到鲁迅帮他父亲治病，常出入于当铺和药店嘛，大概，我讲到这里时，发了那句感慨——我自己都快忘记了，这学生倒还记得。"他笑了笑。

"后来呢？"

"后来么，这事体也就不了了之了。他们查我祖宗三代，我爷爷、爸爸都是医生，规规矩矩在乡下行医的医生，我没啥背景，也没啥海外关系，关了几个礼拜，放出来，过了一个学期，又让我去教书了——但是，这辰光心冷掉了，啥事体也不想做，还写什么东西呢，就整天下下围棋，消磨辰光。"

师母进来收拾碗的时候，皱了皱眉头，说：

"房间里都是烟，开一点窗好了——少抽一点。"

我起身，拉开窗户，房间里的烟气迅速散去，涌进来的是略带寒意的雨的味道。一阵风吹过，雨一下子倾斜了过来，树也瑟缩起来。

"开一开，就关起来好了，还是有点冷的。"沈老师说。

等师母走了出去，沈老师又递了一支烟给我，继续说道：

"所以，我写东西主要还是在'文革'以后，这辰光写得多，到处投稿，学堂里，还要教两个班级的语文，做班主任。每次看到两沓作文本放在面前，就讨厌得不得了。想可能的话，不要再教书了，做编辑去，所以，写得蛮卖力的。下了班，吃过晚饭，快点洗好碗，趴到写字台上去，事体不做，老婆也要讲闲话的。写得多了，慢慢也就出来了。后来，参加了作家协会办的文学创作班，我这辰光参加的创作班，是'文革'后上海办的第一期，后来，他们都戏称这是'黄埔一期'，像现在几个有名的作家，都是和我一道出来的。"

有些内容，我过去听沈老师讲过的。今天，我不想打断他。

"写了多了么，就不想教书了，正好市文化宫有一个职工创作的刊物，需要一个小说编辑，我就先借过去了，做了两年，关系一直转不进去。另外一个文学刊物，本来讲好让我过去的，但少一个编制，进不去。这辰光，荡在外头辰光长了，再不落实一个单位不行了，中学里，总不想再去了，就去了教育学院。"

"侬不去，我也不会做侬的学生。"

"嗳，也就碰不到侬了，人生这东西蛮奇怪的——所以，阴差阳错，我又去教书了。前两年，侬开始有一些作品发表了，我就想，我没有实现的愿望，要在侬身上实现。侬现在只有三十出头一点哦？哦，三十四岁，年纪还轻了，我想，有机会，介绍侬去做编辑，侬现在的年纪换个工作，还可以，一直教书，对写东西还是有妨碍的。"

"我也是教两个班级的语文，做班主任。主要是人太吃力了，回到家里写不动了。"

"是的呀，现在么，我生了这个病，也只好走一步看一步了。侬还好，还有两个寒暑假，辰光要抓紧，年纪轻，要多写。人一辈子快来兮的。"沈老师顿了顿，说，"我调到教育学院稍微好一点，一个礼拜两个半天有课，讲现当代文学，礼拜五下半天再有个政治学习，辰光是多了，东西发表了是不少，但都没什么反响——没办法，写不过人家。"

我记得，以前看过的沈老师发表在刊物上的一些中短篇小说，相比较，与他同时期一些作家的作品，是要普通一些。

"后来，转到纪实作品上来，稍微引起了点反响，包括这个《橡胶大王传奇》，《解放日报》登过，广播剧也获过奖，电视剧中央电视台也播过，作品研讨会也开过。"

这时，师母拿了热水瓶进来了，边给我和沈老师的杯子里加水，边笑着说：

"侬要歇一歇哦，睏一歇？不要太吃力了，今朝闲话哪能价多，价要讲。"

我在一旁，笑了笑。

"今朝傅勤来么，我跟伊讲讲呀。"

倒完水，师母把热水瓶放在桌上就走出去了。

"这次生毛病，看得出，侬师母待我还是蛮好的。但是，我跟伊讲清楚，人总归是要死的，所以，一旦有啥事体，不要不计代价地抢救，没意义的，抢救过来，床上躺个两三年再死掉，没意义的。我不要过这种没质量的生活。大女儿来看过，我也跟伊讲了这话——就是我与前妻的孩子，伊加拿大回来，和女婿开了一家公司，钞票赚得蛮多的——下个月的十号，我还要到医院里去化疗，现在，最要紧的，就是把手上正在写的这个长篇写完——就是那个反映旧上海百年变迁的长篇。这次从医院回来，我一直在写，早上也睡不着，六点钟就起来了，先烧水，泡茶，然后开始写，八点多的辰光，吃点早饭，再写，一般到十一点钟停下来，下半天么，理理东西，睏一歇——实际上，我上次心肌梗死抢救过来后，想法有点变了，变得不想写东西了，觉得，再活就是捡得来的，所以，有段辰光麻将搓得比较多。感觉不管写得哪能，死掉以后，两眼一闭都一样的。后来觉得，要是真的有想法了，一直积在脑子里，也难过的。顺其自然哦！现在想，事体还差一点，总归尽力做光伊！"

"小说的上半部已经寄出去了是哦?"

"北京一家出版社，就是出版我们两人合写的《上海旧事》的这家，责任编辑讲，安排在明年下半年出版——不晓得我还看得到哦。"沈老师笑了笑。

我低头，吸了口烟。

"所以，这两天脑子还是蛮紧张的，结尾要结得好一点，不写的时候，还是不停地在想，再有两三万字大概就差不多了。"

这时，门铃响了，开了门，沈老师的小女儿回来了。我初识她时，她才刚上托儿所，那天，沈老师和我说话时，还把她抱在膝头坐了一会儿。而现在，她已是个活泼的少女了，脸色白里微红，洋溢着年轻的光彩。她进来，和过去一样，叫了声"傅勤叔叔"，就到自己房间去了。

"她出去补课刚回来，今年考大学考得不理想，再复读一年，明年再考，她要考复旦——年纪轻，可以重来，可以失败，我不好再失败了，不好再重来了。"

我又递了一支烟给他。他点好后，俯身，从橱里拿出一厚沓用细绳扎着的信，说：

"这点信，也要处理一下，有些么就扔掉了，有些还有点价值的。"

他抽出几封信，从其中的一个信封里抽出几张有些泛黄的信纸：

"这是我老师周平当年写给我的信，伊死了已经十多年了。侬在现当代文学史上，读到过伊的。我这样待侬，也是跟伊学的——这样的老先生死一个少一个了！"

他嘀咕着，仿佛这话，是对自己说的。他站在那里，定定地，把信看了一遍，然后，重新把信折起，塞进了信封，幽幽地说：

"来，我们下盘棋吧。"

我应了声，帮着把圆桌收拾了一下，摆上棋盘。十几步后，等了很久，仍不见他落子，我抬头看了看，轻声问：

"沈老师，是侬下哦?"

"啊，是我下啊，我还当是侬下呢，刚才侬走在哪里了?"

"这里。"我递了一支烟过去。

沈老师点上后，看了看，落了子。

沈老师的棋力应该比我强些，但今天，我处处棋胜一招。中盘时，沈老师左上角一块十几子的大棋，其实，他一手便可净杀，他却迟迟不动手，直到沈老师自己发现，补活。下完后，点子，我小胜了几目。沈老师指着那块棋，说：

"实际上，这棋可以杀掉的，再来一盘。"

"噢，嗳，是好杀掉的嘛!"我看着棋盘，"——算了，沈老师，我要回去了，侬也吃力了，休息一歇吧!"

"不要紧的，再来一盘。"

"下次吧，过几天我再来陪你——再说，我也有事，要到我姆妈那里去。"

"——那就算了。"

我收好棋，起身告辞。拿了雨披，从厕所里出来时，沈老师拖着拖鞋跟了出来。师母也在厨房里，说道：

"走啦，吃了饭再走好了。"

"还有事情呢，下次吧。"

"走好噢，走好!"

"没事体，侬不来也不要紧的。"沈老师手搭在门框上，目送着我转下楼梯，"落雨，踏慢点。"

"晓得的。"

我跑下楼，冲到了雨里，雨打身上，一阵哆嗦。我仰头看了看六楼沈老师家的窗户，然后，披上雨披，从车棚里取了车往回骑。这时，脑子里出现了第一次见到沈老师的情景：那年，二十岁，坐在大学的课堂里，等着上现当代文学的课。九月的天，依旧有些炎热，这时，走进来一位中年人，他一头浓密的黑发，额上有几条淡淡的皱纹，声音自信而响亮……

风越发大了，它不时地将雨披掀起，雨淋湿了我的头发、身体。四点左右的马路上，因为雨和寒冷，只有零星的几个行人在走……

又一阵风吹来，大的雨滴重重地打在脸上，终于，我流下了眼泪……

附言

大约十年前，我问师母要来了那盘录像带，找了学校附近的一家小店，把那盘影带拷在了一张光盘上。

文章中说到宗洲师希望我去做编辑——其实我的梦想是，财富自由，然后，读书、写作、喝酒、踢球、发呆，以这样的方式度过一生。

直到今天，我和宗洲师一样，没有实现自己的梦想。当时，我只是怕他，不敢说出来而已。

记者有一次问美国作家雷蒙德·卡佛，你有野心吗？卡佛说了一堆废话，最后表达在对感兴趣的事上有野心。在他答非所问的一堆话里，我喜欢这句话："我不想工作。"

最后一面

大概十一月份的时候，天气还并不冷。宗洲师住院化疗，在肺科医院，五角场那一带，我和妻去看他。

八月底，我照例去宗洲师家，刚坐下，他笑着问我："你觉得我瘦吗？"我看了看他，说："没有啊。"我几乎每周都要去他那里一到两次，实在没看出有什么变化，"你觉得人有啥不舒服吗？""没呀，都蛮好的，但他们说我瘦了，去医院查查，也没问题，都好的。过两天，再去查查看。"这是他第一次和我说关于病的事。

过了一星期，结果出来了：肺癌。

之后，他请我们一家，在和平公园对面的一家饭店吃了一顿饭。那天，说的都是一些平常的话，我大都忘了。气氛并不压抑。很多年后，回忆那一幕，我想，宗洲师或许是在做最后的告别。走出饭店，我和师母走在后面，她说："第一次什么都查了，就忘记做一个肺部的 CT，这次做了。"

再去，他在整理一些旧物，处理着一些信件。他给我看了张很小的黑白照片，上面是年轻时的他，在吹小号，我问："你会吹这东西？"他说："大学里吹的。"又说了一些往事，然后，他拿出一篇写在白色 A4 纸上的短文，说："是昨天早晨写的。"（宗洲师有早起写作的习惯）。内容大都忘了，只记得题目是《太阳，明天又会升起》。我读了，心情也很平静，丝毫没有他要离开的感觉——健康的人，对于生病的感触，大约是生病，看病，吃药，然后，一切如常。

　　走进病房，房间里的白色，让我很不舒服。师母正坐在床边，宗洲师坐在床上，白色病服上的蓝色竖纹，已经洗得几乎看不出原先的色彩。他头发略显花白，精神不错，正吃着师母给他带来的食物："前两天，胃口一点也没有，今天胃口好了，想吃东西了。"我记得好像是上海人常用的小的奶糕锅子，里面东西并不多，他正在舀起一勺东西，往嘴里送。

　　吃完东西，洗了脸，他说："下去走走哦，好久没下去了，一直躺在床上。"于是，我们四人一起下了楼，妻与师母说着话，我和宗洲师走在前面，距她们有十多米。

　　医院的楼下，是一个大草坪，人们三三两两。我大约是问了他的病情，他说了情况。大部分时间还是他在说（宗洲师曾说我，是个话不多的人，其实，我多少还是有些怕他，虽然，我不记得他对我说过什么重话），后来，走到一个圆形的花坛边，坐了下来。他说起了我认识的，一位去世的朋友，另一所大学里的教授："那时，他一直觉得人吃力，走我家六楼的楼梯，也要停两次。我们叫他去医院检查，查出来是坏毛病，半年不到，就没了。但他是看淡生死的人。"我觉得，他是在说他自己。这时，我们都微弓着腰，坐着。他突然说了句："现在还没到托孤的时候了。"脸微微地侧向我，语气平和，但我吃了一惊。

　　这是我记忆里，与宗洲师的最后一面。

　　后来，我打电话说，要过去（宗洲师曾和我说，来之前打个电话）。他总是说，蛮好的，不用来。在这之前，他从来不曾这么说过。但我并没有多想。只觉得，他有事，或不舒服。再后来，他说，他去肿瘤医院那里再做化疗，两个疗程，避免来回奔波，女儿就在医院附近租了房子，也还是说，蛮好的，不要来了。

　　12 月 1 日，消息传来，宗洲师已经去世——有两个星期，走在学校的走廊，我一直有些迷茫，真的再也见不到他了吗？有一天，我突然想到，他不让我去见他，只是不愿让我看见他憔悴的病容。

　　是的，在我脑海里，永远是初见时，他的模样：黑黑的脸，头发浓密而整齐，穿着 T 恤，西装短裤，中筒的深色丝袜，咖啡色的风凉皮鞋。这时，他正夹着讲义，走上讲台。

2024.9.16.

老黎说

老黎，是我的同事，教外语，长我数岁，高个，有些谢顶。江西樟树人。忙碌工作之余，午饭后，我们偶尔会去学校百米外的公园，走一走，消消食。

老黎是个沉默的人，办公室里，常低头两三节课，改本子、备课，无语。但有时也很健谈。比如，与我散步的时候。

映山红

老黎说，我们那里到处是映山红，漫山遍野。一日，刚出校门，见到几株映山红，老黎这样说道。我说，是不是《闪闪的红星》里的那种。老黎说，就是。我说，潘冬子说，等漫山遍野的映山红开了，爸爸就回来了。我俩相视而笑。

国际饭店

老黎说，我们那儿有个笑话。一年轻人打电话，告诉老家的爸爸，说，爸爸，我住在二十四层楼。那爸爸说，啊，你那么厉害啊，住国际饭店啊！儿子说，就是二十四层楼，不是国际饭店。

这时，我俩走过的公园边上，正在盖起几幢高楼。

看火车

老黎说，那里老一辈的人，对外面的世界了解很少，有的一辈子没离开过老家。有个老人重病，知道来日无多，有个心愿，想看看火车，就叫儿子备了土推车，把他推到三十里外的火车站，看到运煤的火车驶来，他一、二、三地数，三十几节车，他大为惊讶：咋这么大的力气？

看秤

老黎说，那里老年人文盲多，有些人阿拉伯数字也不识。有一文盲去公社卖粮，每次称粮食时，都跑到磅秤前，反复看那秤。同村人问，你又不识数，看个鬼啊！他说，我不看，他们一百斤粮，说只有八十斤；我看了，他们就不敢了。

师生

老黎说，一村里小学教师，已过半百，右派，被发配去修水库。工作繁重，力不胜任。一日，水库总指挥迎面与老头相遇，发现竟是自己的小学老师。第二天，总指挥召集开会，大骂，那个老头子是谁派来的，你们村里人死光了，派个做不动活儿的老头子来！什么意思！叫他去搞宣传，出黑板报。当天，老师被调去搞宣传了。老黎说，这老师出黑板报，又快又好。

偷辣椒

老黎说，老一辈人称五月为"五月荒"，意为五月青黄不接，是挨饿的月份。某日，一农人忙完公社的活，回到家，准备到自家地里摘点辣椒，回家烧了吃。谁知，蒙头一路摘去，竟然在地中央，碰到了邻家来偷辣椒的人。邻人颇觉尴尬，农人笑道，你家孩子多，这点辣椒不够的。说着，把自己摘的那些辣椒全部给了邻人。

老黎说，这大都是六七十年代的旧事了，他还说，老家是一本厚重的书：祠堂戏台、樟树老井、烟丝厂、榨油坊、染布店、铁匠店……时光流转，想想这些事，仿佛就发生在昨天。

我听了很好奇，仿佛打开了另一扇窗。

网上查了查，樟树是江西省宜春市下辖县级市，江西省第一个全国百强县级市。2012 年人口六十三万。老黎说，樟树距上海仅六小时的车程。

2019 年 12 月 20 日发表于《新民晚报·夜光杯》

猪的故事

那天闲聊，同事老黎讲了一个关于猪的故事。

他是这样提起这个故事的，他说，小时候，常惹爸爸生气，放学回来贪玩，关照的事忘记做。爸爸回来一看，事情没做，就要骂了。

我说，是淘米烧饭吗？

他说，是喂猪，打猪草。回家一玩，就忘记了。

我说，我爸爸是部队单位，养猪的，我看到他们杀猪。过节，他们单位分肉。

他说，我们家的猪每次养一年，养到两百斤，就可以杀了。猪养到两百斤要一年，但要养到二百五十斤就慢了，不知道什么时候了。成本太大，一般这时候就杀了。

这是我从来没听到过的事。我说，那蛮好，过年可以有两百斤的猪肉吃了。

他说，哪有啊，自己吃一点点，大部分都拿去卖的。大概七毛钱一斤。一头猪自己做点咸肉、腊肠，剩下的，可以卖一百多块钱。这钱可以过年给家里几个小孩子做件新衣服，上学的学费也都在里面了。平时种地，一年下来看不到钱的，交了公粮还要倒欠生产队几十块钱。

我有些好奇，我生在上海，小时候过年，家里也似艰难，没几个新年有新衣服穿。我说，那倒蛮好的，那就多养两头。可以多卖点钱。

养不起啊！老黎说，没那么多吃的啊。

我说，猪草不是可以去割吗？

猪草不多，有时候还要吃些碎米，轧稻米轧出来的碎米、粗糠，煮一下给猪吃。

我说，碎米不可以煮粥吗？

这个碎米不能吃，吃了拉不出，这不是你想的白米碎粒，是有毛刺的那种。还有，洗碗刷锅的水，如果不养猪，就浪费了，这水可以给猪吃。所以，那个时代我们那里基本上家家户户都养猪。

停了停，他说，我给你讲一个真实的关于养猪的故事。我同学哥哥，比我大两岁，第一年考大学没考进，他妈妈说，就不要考大学了，家里没劳力，在家种地吧。同学的哥哥只得安心在家务农了。既然定了下来，家里就托人给他找媳妇，说定了一家。那家上门，谈得蛮好，说，这样吧，等年底你们家这口猪卖了，就结婚。但是，谁知道，这只猪一年下来只养到一百五十斤，再也不长了。结果，猪没卖成，亲事也吹了。同学的哥哥和他妈商量，说，要不再考一次大学吧。他妈同意了。一年后，他考进了大学，再硕士、再博士，现在已经是中国科学院院士了。

我有些好奇和吃惊。

老黎说，那同学的哥哥每次回老家，与同学聚会都要说这样一句话，是那口长不肥的猪改变了我的命运。

我想：命运有时确实难以捉摸，如果，那口猪长到了两百斤，那里也就多一位种地的农民。但它仿佛知道他不属于那里，就用这样的方式改变了他的一生。

2022 年 6 月 19 日发表于《虹口报》副刊

送老黎退休

暑假开学，老黎退休了。看着空着的位子，我有些不舍，也有些感伤。

刚工作时，学校门卫老王退休。他原来是教师，不知何故，改做校工。他为人谦和。见了我常叫"小傅"。学校电话设在门房，有人打电话，他总是退到门外，等别人打完电话，才进去。退休那天，学校敲锣打鼓送他回家，他老妻早在家里，烧了一大锅水果羹，去的老师每人一碗。我也混在人堆里送他。至今犹记得他的笑容，和用上海话叫我的声音。

现在，老黎退休了，中午，再也听不到他和我说，走哦，出去走走吧。办公室里吃完午饭，他总是说，来，你的碗筷给我，我拿到食堂去。每当有不顺心的事，我告诉他，他总是耐心地听我说完，然后婉转地开导我，像兄长。

其实，道理人人都懂，比如，人生无非也就是这两种结局，生离或死别，只是"情之所钟，正在我辈"。

前年十月的一天，老黎发了个朋友圈，照片是公园绿地旁，一张空着的长椅，配了一行字：秋天的怀念。稍后几天，他偶然和我提起，说，他父亲就是去年这个时候去世的。我恍然记起，他发的那个"秋天的怀念"。又想到他父亲患病期间，奔波于上海与老家，以及他说的关于父亲的病及其他的一些事。为他那份"乌鸟私情"所感动。老黎是个平和的人，但说起父亲去世，他总会说这句话，"这件事想起来就觉得心痛！"

年轻时，常往前看，觉得人生前路，会有更好的风景。因此，有些很好的朋友，会莫名其妙地走失。年龄渐长，感怀渐深，明白有些"生离"，就是永不再见。回首少年往事，想到简单的友谊的可贵。

一年暑假，我和老黎与另一位同事在外面吃饭。一向自律的我，不知何故，那天喝醉了，吐了一地，断片了。那天，老黎没喝酒，他先送另一位也有些喝多的同事回家，然后，叫了车，再送我。中间一段全然没有记忆，只记得老黎扶我进了家门，我躺到家里的沙发上，便又什么也不记得了。很晚醒来，妻和我说，老黎打电话给她，说了我的情况。第二天，见了老黎，似乎也不记得向他表示感谢，他似乎也没有再提起这件事。

有一次，我问起他，你怎么知道我家在哪里？他说，你家那个小区，之前有学生住在那里，他去家访过。我也曾想，把那天出租车的费用给老黎，后来也终于没有开出口。老黎好像什么也没发生过。其实，他住得离我家很远。

他就是这样的一个人。对朋友如此真诚，而那份真诚仿佛出自本性，如此自然。

《红楼梦》中，宝玉喜聚，黛玉喜散。我是俗人，对于"散"的感伤会更多一些，但我还喜欢书中"分离聚合皆前定"一句，似乎更能让人释怀一些。

粤语老歌《友谊之光》，歌词中有这样的话，"今天且要暂别，他朝也定能聚首，纵使不能会面，始终也是朋友……不需见面，心中也知晓，友谊改不了。"

曲调动听，歌词感人。我想象着，很多年不见，偶尔地，老黎打电话给我，问，傅勤，还好吗？我们相处的往事，仍会涌上心头，温暖我心；我说，老黎，出来坐坐吧！他，也一定会说，好。

那天，周一学校升旗仪式上，老黎站在我前面，忽然，他回过头来问我，晚报上那篇文章发出来了，你看到吗？我说，什么文章？他打开手机给我看。就是那篇《老黎说》。我看了，笑了。这篇写老黎的文字，我还请他看过，改过——是啊，"那过去了的，都将成为亲切的怀恋。"

弘一法师有一句很好的话，"人生哪能多如意，万事只求半称心"，想把这句话送给老黎。退休后，还有很长的路要走，记得这句话，会心安，会快乐。

2024 年 7 月 2 日发表于《松江报》副刊

身边的老师们

那天早晨，我在学校停车场停了车，正要离开，见学校另一老师的车，也停在一旁。隐约见她坐在车内，心中一阵窃喜：近两个星期，她生病，我代她课，三个班级的课，包括批改的作业量，已经让我不堪重负——这下解脱了。

见我朝车内张望，她推开了车门。

"你坐在车里干什么？"我笑着问。

"吃不消，走不动，歇一歇，等一会儿赵老师电瓶车带我去学校。"她说。

从停车场到学校，就五六分钟的步行路程。我注意到她脸色的苍白，语气无力，身体靠在椅背上。

"你上掉哪几篇课文？……谢谢你，帮我代课，下个礼拜要考试了。"她说。

我回答了她的话，堆着笑，转身朝学校走去。那一刻，我感动着，也感受到了自己的渺小。

之后的几天，我一直被这份感动萦绕着，脑海里浮现着做教师的这几十年里，同样让我感动的许多事。

那是，刚做教师的头几年。一天下课，我往办公室走去，正要进门，突然办公室门口坐着一位老教师，颈项上绑着一根粗绳子，绳子穿过门上端的天窗，垂下绳子的一头，绑着一块砖。

"你干什么啊？"我有些惊讶，也有些紧张。

"牵引，牵引，颈椎病。"她笑着说。

这时，校长走了过来，说：

"老师的职业病，批本子批的。叫她回去休息也不回去——病假医院一礼拜一开，她们都口袋里一塞。"

那老教师有些尴尬地笑着，说：

"吊一吊会好的，吊一吊会好的——回去也是吊，又没有药好吃的。"

二十多岁的我，有些不理解。

还有一次，十多年前，我随一位老师去探望一位已成植物人的孩子。孩子也是我的学生。走进康复医院，见到昔日的孩子，身体已经长高，但仍然双眼紧闭，处于昏迷状态。我不忍看这一幕，和家长简单打了招呼后，便借故站到病房门口去了。

"宝宝，宝宝，老师来看看你了啊！"孩子的妈妈提高了嗓门喊道，"谢谢你啊，这两年来你一直来看她。"

"不要紧的，我应该的，她是我学生啊！"同事的声音很轻。

"你还叫同学们折了那么多千纸鹤送来，录了朗读课文的音频，还有小朋友们祝福的话。我每天都放给孩子听的，好像每天还在学校里一样，和同学们在一起。"

"会好的，放心，相信孩子！你也要保重身体。"

她们说了很久，很多都是我不知道的事，直到康复健身的时间到了，我们才离开。

其实，这样的事情每一天都在发生，哪一个孩子不是在老师的呵护下成长起来的呢？

我又何尝不是如此。对于顽劣的我，小学班主任不厌其烦，每天为我写下在校情况，指出我缺点，适时地表扬；暑假，学校外出活动，我睡过了头，班主任得知我没吃饭，马上拿出四分钱、一两粮票，买了甜大饼给我。至于大学的宗洲先生更是待我如子，寄予我殷殷的希望。那时，我每次写好的习作，给他看，他总是会写下长长的评语。先生去世已近二十年，我至今保留着写有这些评语的纸张，以做永久的纪念。每每想起这些，就会涌起感激之情，常常不禁流下泪来。

我常想：父爱、母爱固然伟大，但孟子不是说"老吾老以及人之老，幼吾幼以及人之幼"吗？师爱的伟大，正是在于这种无关于亲情的，利他的爱。

我身边的老师们，正是这样的一群人。很多年后，或许，他们已经记不得那些孩子的姓名，但，那些孩子们依然会记得，老师们曾经为他们付出的爱，就像我，永远会记得我的老师们，留在我生命里的，那许多亲切的画面……

很多天，我被这份感动围绕着。

2021 年 10 月 22 日发表于《新民晚报·夜光杯》

附言

《明史·后妃传》载："学士宋濂坐孙慎罪，逮至，论死，后谏曰：'民家为子弟延师，尚以礼全终始，况天子乎？且濂家居，必不知情。'帝不听。会后侍帝食，不御酒肉。帝问故。对曰：'妾为宋先生作福事也。'帝恻然，投箸起。明日赦濂，安置茂州。"

宋濂是"明初第一文臣"，朱元璋请他担任几个儿子的老师。洪武十年（1377），六十八岁的宋濂致仕。洪武十三年（1380），宋濂的孙子宋慎因胡惟庸案，牵连其中，连坐至宋濂。朱元璋要杀他。在马皇后多次劝说下，朱元璋赦免了宋濂死罪，发配茂州。

明史国子监专志《南雍志》记载，朱元璋建政初，即设立中央学校"国子学"，以及地方的学校府州县学。洪武十五年（1382），改"国子学"为"国子监"。

明初国子监"延袤十里，灯火辉煌"。洪武二十六年（1393），国子监生员达八千余人，教室上百间，图书馆十四座，"号房"——学生宿舍两千余间，食堂、运动场、医疗设施一应俱全。朝廷还为学生读书提供一切费用，包括家属的生活费用。

明史，我稍熟一些，写完《身边的老师们》，想到了些明史中关于教育的内容，摘了两部分材料，其实，我也不是很明确，到底想要表达什么，只是，偶尔会想到这些事。

附言，系《新民晚报》发表时，我删去的内容，今附上。

我们的长辈

桑医培是我小学同学，那时我们关系很好，有空的时候，常在外面瞎玩。暑假的一天，我们兜到中山北一路，他说，走，到我爸爸单位，喝点冷饮水。他爸爸是花园路上一家耐火材料厂的门卫。于是，我们到了工厂的大门口，他爸爸拿出两杯甜甜的冷饮水，我们站在小门边，大口地喝着。路上，有卡车驶过，尘土飞扬……

上学的中午，我常到他家等他一起去上学。一天，我刚走上楼梯，他爸爸就说，昨天夜里，伊半夜三更躲在被子里，照了手电筒看《三国演义》，被我抓住。我问伊，侬明朝上课勿上了啊！

二十岁时，一天我在四川北路上遇到他。自从小学毕业后，我们就没见过几次面。说着话，我问到了他爸爸。他说，早就死掉了。我略感惊讶。但我知道，他爸爸的肺，很早就被割掉半只。

今年五月，李澄宇的爸爸去世，我们几个同学去开追悼会。聊起往事，李澄宇家是私房，两层，那时我们常在他家底楼搓麻将、吃饭，吵得很。他爸爸是社会科学院的翻译，一周只去单位一两次，在家常伏案工作，似乎没有训斥过我们。我曾在他爸爸的书橱里借过几本书，是《西行漫记》《第三帝国的兴亡》《随想录》。《随想录》借了两次，后一次，他笑着问我，你喜欢看这书啊？

后来我们大了，曾和我们一起出去江浙一带旅游过几次，那时，他待我们的态度更随和了，像我们的平辈。

几年前，我买到一本1982年出版的《二神父》，作者是南斯拉夫的斯·斯列马茨，译者，正是他爸爸。我请他签名，留作纪念，他写了"傅勤先生惠阅"，下面是署名与日期。有一次去他家，他给我看了一篇文章，是关于这本书出版的曲折过程。我看到了他那一辈知识分子的艰难。

那天，我们聊了很多——他爸爸的名字，叫李国海。

钱宁是我小学初中同学，他父母都在外地，他住在外婆家，就在我家229弄隔壁的院子，走过去一分钟。寒暑假，我每天到他家报到三四次，其实没什么事，就是瞎聊。高考前，我爸爸要求，每天要少去钱宁家。但似乎我没做到。

有一年暑假，我和钱宁不知道什么事去南京路，兜了一圈回来了，已是下午两点多，刚进他家，他外婆问，你们中饭吃过哦？我们说，没有。那么吃碗面吧。他外婆说。过了一会儿，她端出两碗荷包蛋面。我们很快就吃完了。很多年过去了，我还会想起这碗面。

大约是我工作后的一年，那天，他外婆突然叫我和李澄宇元旦去吃晚饭，我有些吃惊。这其实是他们的家宴，娘舅、舅妈、几个阿姨、姨夫都来了，大号圆台面坐了一桌子。一台子的菜，他外婆问我，傅勤，侬香菜吃哦？这是我第一次听到香菜这个菜，第一次吃到香菜这个菜。

大概过了半年，这天下午，我去钱宁家，敲了门，出来的是他外婆。她说，钱宁不在。我"噢"了一声，正要离开，他外婆说，过两天，我要到北京去，到他大阿姨医院里去开个刀，两三个礼拜就回来。我没有在意，胡乱应答着离开了。一个星期后，再去钱宁家，钱宁说，阿拉外婆没了。我有些吃惊，问，怎么会的？我不记得钱宁怎么回答我的了，脑海里，是他外婆最后一次说话时的神情，稍有些紧张，但并无太多病容——直到现在，我依然记得这个画面：我站在台阶下，他外婆站在两级台阶上，开了门，半低着头，和我说话，语气与平时并没有什么两样……

热天，晚上坐在钱宁家的竹椅上乘风凉，我常常喜欢往后仰，半摇起椅子，他外婆总会说，傅勤，不要摇椅子，当心跌倒！

搬家后，我住得离厉祥庆家很近，厉祥庆是读高中时，李澄宇带到我家，成为朋友的。这段时间，有空的时候，常到他家去喝酒，每次吃饭的时候，他妈妈总是说，傅老师吃啊，吃啊！厉祥庆这样叫我，是开玩笑，他妈妈也跟着这样叫。他妈妈总是先吃好，笑着说，傅老师慢点，慢点。——大约四年前，他妈妈也去世了。

小时候，我们今天到这家，明天去那家；年轻时，我们也轰到东，轰到西；长辈们包容我们，照顾我们，教导我们，像自家的孩子。在任何一家，长辈们总会觉得放心。一次，我和爸爸争吵，生起气来，转身出了家门，我刚到李澄宇家坐下，爸爸就赶了过来，探了半个身子，见我坐着，笑着说，坐一歇就回来啊。我们各自结婚，每每再到这些长辈家，他们都会烧出一桌子的菜，来招待我们，我们喝酒的喝酒，喝饮料的喝饮料，之后照例会打牌、搓麻将，就像年轻时一样……

一天，开车回家，行驶在夜色里，偶然，这些画面涌现在我脑海里，想到他们的永不可再见，我不禁流下泪来……

2024.8.16.

8.29. 改

第三辑　**随感**

　　上班途中，听到电台里在讨论亚里士多德，讨论真理，我没听到结论。但我听到了"重的物体下落速度比轻的物体下落快，落体速度与重量成正比"那个糟糕的观点。这是他的直觉。我的随感或许也是这样的直觉……

最美的语言

我喜欢钻牛角尖，领悟力又差，遇到想不明白的事，常爱问。初中时，学都德的《最后一课》，之后，大约有一两周的时间，遇到年长些、认为能回答这个问题的人，我都要问：

"法兰西语言真的是世界上最美的语言吗？"

当然没有一个人的回答能让我满意。原因很简单，他们大都和我一样，不要说学习过法语，连听到这种语言发音的机会都没有。

二十多岁时候，一天，在四川北路一家麦当劳门口，我正要拉门进店，手臂用力之余，身体稍稍后退，突然觉得碰到了什么。一回头，看到一位外国女孩，跟在我身后。见我回头，她一下子笑了起来，那种笑容，是我从来不曾在一个陌生人脸上看到的，如此友善，如此发自内心，如此灿烂。她个子不高，长发披肩，那笑容，让我略略紧张的心，松弛了下来。我也报以微笑，但我的笑容一定是僵硬的，无措的……

十多年后，我与同事去瑞士旅游。那个傍晚，我们来到一个面朝着湖泊的小镇。走在小镇街道上，家家户户的窗台上，都装点着美丽的花，街道整洁而宁静。同事们纷纷拍照。我走到湖边，坐在一张双人椅上，遥望着夕阳下的湖景，闻着干净的水特有的气息。远处，有一人在垂钓。这时，湖边小道上，走来一对挽着手的青年男女，衣着轻松，步履自然。越走越近，我渐渐看清了，那女子怀着孕。我猜想，他们或许是一对年轻的夫妇，或许……

正当我要转过头去，那对年轻人也发现了我，两人都轻轻地朝我笑了笑，并微微点头，仿佛我与他们是相识的、熟悉的……那神态，是这样的自然。我也点头示意，他们从我面前走过，渐渐地消融在落日的余晖、湖水的微波，还有好闻的各种气息里……

今年，我来到波兰，在一个巨大的广场上，同行的几个朋友说，到露天酒吧坐一会儿吧。比画着，终于让那位年轻女招待弄清了我们的意思。她笑着离开了。一个朋友说，这里的女孩子长得蛮漂亮的。另一个朋友说，笑起来很甜。又一位说，等一会儿她再过来，我要和她合个影。众人哄笑着表示同意。过了一会儿，那女孩端着四杯啤酒过来了。朋友拿起手机，比画着。女孩明白了朋友的意思，高兴地点头。她站到朋友身后，略略低下身，露出快乐的笑容，坐在对面的朋友，一连按下了几张相片。看完相片后，她笑着对我们竖了大拇指，随后，又快乐地去忙碌了。我接过朋友的手机，只见照片上，朋友和那女孩子都展露着笑容，微靠在一起，像父女，像亲人……我有些奇怪。

这天，那两张笑容一直出现在我眼前，那一丝奇怪也挥之不去。晚上，临睡前，我突然想到这样一句话：

"笑容，是世界上最美丽的语言。"

之后的几天，这句话一直出现在我的脑海里，那些笑容，也一再地浮现在我眼前。很多年过去，所有的背景都渐渐虚化，仅留下了这些最美的语言——笑容。

对于这最美的语言，我想了很多很多……

2019 年 12 月 15 日发表于《新民晚报·夜光杯》

让我们的心柔软些

这些天来，我的脑海里一直出现这样两个画面：花坛转角处，跑出一只黄色的流浪狗，他看到地上一根树枝，就咬起来，快乐地玩耍着……另一个画面是，这只小黄狗被一个保安用网兜兜了起来，他正咧着嘴笑……

或许，你已知道，我想到的，是那只重庆某大学里的流浪狗，他因为一只罗威纳狗咬伤了一个女孩，而被捕杀了。

他的死，没有一点理由：他既不是那只罗威纳，也不是像罗威纳一样凶悍的狗。他只是一只由大学生们从小养大的流浪狗。他刚出生时，也是妈妈心中的最爱，不知什么原因，他不得不开始流浪，幸运的是他遇到了一群大学里的男孩，细心地呵护着他。男孩们说，他每次吃东西都小心翼翼，他不敢咬到男孩们的手，总是笑着跑向叫他名字的人，总是远远地看着，校园里的学生们上课或下课……孩子们说他，是一只既胆小又阳光的流浪狗。但是现在……

写着这些话，我的心格外沉重……

想到，我的一位前辈说的一句话：让我们的心柔软些！是的，让我们的心柔软些，不仅面对我们的同类——人类，更要面对自然界里的每个生命。道理很简单，地球不仅仅属于人类！人类的文明史大约仅仅五千年，而地球已有四十六亿年。一个并不清楚的原因，人类成了地球的主宰，但这并不成为剥夺其他生命存在的理由。自己活，也要让其他生命活，这才是文明。或者说，这才是人称为人的理由——如果人类还自诩为文明生物的话。

我的脑海里，常常浮现这样一些画面：英国动物学家珍妮·古道尔，这位把三十八年最美好的时光献给黑猩猩研究的伟大科学家，在放归她救助的一只大猩猩时，那只大猩猩临别前，与她紧紧相拥的画面；还有我学校附近，每周来两次，喂附近拆迁后仍留在原地的流浪猫的一位七十岁老者。他骑着自行车，车上载着猫粮和水，衣着极朴素。他说，他是在其他地方喂流浪猫的，到这里来，是一位朋友托他的，朋友老了，过不来了——他也老了，不知能坚持多久，但心里还想着这些流浪猫，能来，尽量来……

当看到，用热水烫死怀孕流浪狗的行为；并未成年的孩子用自制的箭，射向流浪猫，一脸毫无愧色的神情；甚至，莫名地大规模捕杀流浪狗的做法，我想，难道我们没有更好的办法，与这些自然的共有者共同拥有这个地球的可能吗？难道我们的生存，必须是建立在剥夺他们生存权利的基础之上吗？我想，应该不是的。有很多好的方法已在实施，且运作得很好，无须我来多说些什么。我们要做的，大概就是让我们的心柔软些，再柔软些！

写下这些文字，我的心依然沉重着……

2023.10.31.

附言

在上班经过的一条小路上，我几乎每天都能看到一条黑色的土狗，有些脏，趴在沿街略略高起的窨井盖上，望着另一侧通向远处的小路，一动不动。开始，我有些好奇，一天，我稍晚些出门，看到这里又多出三条狗，四只狗在路边摇着尾巴，奔跳嬉戏——我明白了，黑色的土狗，每天一早是在等它的朋友——即便是在寒冷的冬天，早晨六点，天还暗着的时候。

很多时候，昏黄的路灯下，黑狗趴着，目光望向远方的画面，一直会浮现在我眼前……

中年

年龄渐长，前几年，有时还厚着脸皮，混在年轻人中，但渐近四十，"中年"这个词，出现在脑子里的时候，越来越多，心态也稍稍地起了变化，或者说，渐渐地有了对于中年的恐惧。

其实，对于中年的恐惧，也无非是对于"死"的害怕。叶灵凤在《毛姆等到了这一天》一文中，说毛姆"他在七十生日时，曾说自己的心情好像一个'整装待发'的旅客一样，什么都准备好了，只要一接到通知，随时就要起程"。当然，毛姆后来是很长寿的，活到了九十一岁。

中年，离"整装待发"，还有些时候，但是生命行进过半，如俞平伯所言"当遥指青山是我们的归路，不免感到轻微的战栗"的感觉，还是很真切的。

至于身体的变化，感受也是直接的。分量增加了，脸变圆了，腰变粗了；少年时喜欢蹦蹦跳跳的，现在也变得沉稳了，迟钝了，嘴里还时常不自觉地呼出"哎""呃"之类的声音；甚至，食量也变小了。一位朋友说，三十岁前，他一只烤鸡、一瓶黄酒、一顿可以全部吃掉，现在只能吃半只烤鸡、半瓶酒了。他问我为什么，我笑着说，你老了呀。

梁实秋，在《中年》一文中，谈到女人中年后的变化，听来颇有些幽默，他说：

"到了中年，全变了。曲线都还存在，但满不是那么回事，该凹入的部分变成了凸出，该凸出的部分变成了凹入……脸上的皱纹已经不是熨斗所能烫得平的……女人的肉好像最禁不起地心的吸力，一到中年便一齐松懈下来往下堆摊，成堆的肉挂在脸上，挂在腰边，挂在踝际。"

思想的变化呢，当然也有。孔子说"四十不惑"，虽然我还未到四十，但如果把四十理解成中年的话，我也远不敢说"不惑"。

关于"死"，想再引俞平伯的话来说，在上文提到过的《中年》中，他写道：

"我感谢造化的主宰，他老人家是有的话。他使我们生于自然，死于自然，这是何等的气度呢！不能名言，惟有赞叹；赞叹不出，惟有欢喜。"

这话固然是不错的。但悟到这样的境界，远不是现在的我所能做得到的。

还有"生"。人生过半，最要紧的是抓紧时间。孔子晚年说："假我数年，若是，我于《易》则彬彬矣。"意思是，再让我多活几年，要是这样，我对于《易》的文辞和义理就能充分掌握了。这当然是句感叹的话，也是一句空话。除了有不能再早几年研究《易》的感叹，更多的是对人生短暂的唏嘘。圣人尚且如此，至于我这样的普通人，当然应更加百倍努力了。

三十岁时，我曾写过一篇短文，叫《三十述志》。本想"依葫芦画瓢"，罗列几条，结束本文，但又恐不免重复。恰好记起胡适写于1938年出使美国时的自题诗，觉得颇符合我现在的心境，抄录如下：

偶有几茎白发，心情微近中年，
做了过河卒子，只能拼命向前。

胡适生于 1891 年，此兄当年四十七岁，只是"心情微近中年"，可见他的心态之好。一笑。

2015 年 2 月 24 日发表于《新民晚报·夜光杯》

马拉多纳的去世……

2020 年 11 月 25 日，马拉多纳[①]去世，举世震惊。感伤弥漫在每个熟悉他的人的心里，稍稍冷静下来，我想，在那一刻，我们到底在感伤什么……

人常常生活在一种虚幻中，感觉身边的一切似乎是永恒的。宇宙亿万年的存在，地球亘古不变，城市千年矗立，那么，我们周遭一切，也应该永远相伴。不幸的是，生命不过匆匆百年。当与我们熟悉的人离去，常常有一种不真实感。常想，他去了哪里？什么时候才回来？因为，他曾与我们这样亲近，我们的生活曾经这样交织在一起，失去了他，其实，也就是失去了我们生命的一部分。

马拉多纳就是这样一个人。虽然他与大多数人相隔万里，但他却因从事世界第一运动——足球，而与几代人的生活密切相关。因为他高超的球技，人们爱他、敬仰他、追随他，为他流泪，为他担心……马拉多纳构成了他们生命的一部分。

现在，他的突然离去，在人们惋惜他并不太长的六十年生命的同时，其实，更多的是在感伤自己逝去的那部分生命。

是的，丧钟为你而鸣！

没有人是自成一体、
与世隔绝的孤岛，
每一个人都是广袤大陆的一部分。

如果海浪冲掉了一块岩石，

欧洲就减少。

如同一个海岬失掉一角，

如同你的朋友或者你自己的领地失掉一块。

每个人的死亡都是我的哀伤，

因为我是人类的一员。

所以，

不要问丧钟为谁而鸣，

它就为你而鸣！

这是英国教士、诗人约翰·多恩（1572—1631）的一首布道诗。由于美国作家海明威于1940年创作的长篇小说《丧钟为谁而鸣》扉页上的引用，而广为人知。

的确，丧钟为每个人而鸣！当然，也为你而鸣！因此，在感伤马拉多纳的同时，我们更多的是感伤自己，感伤自己已逝的生命，感伤自己并不太久的未来。

这是多么悲伤的事啊！

但，在这里，我想表达的不仅仅是悲伤，我想说的是，如果有可能，当下，我们应该更多地去关注、去关爱周遭的生命，亲人、朋友、陌生人，乃至大自然中的一切生命：一只蝼蚁，一株小草……因为，它们是我们生命的一部分，不可分割的一部分！

是的，丧钟为你而鸣！

2020.12.1.

附言

奥黛丽·赫本去世，我写了篇短文《她真的死了吗？》，现在把它抄录在下面：

我一直不相信演《罗马假日》的奥黛丽·赫本已经死了。电影里那清纯、美丽的少女，给我留下了深刻的印象。只要一想到她的名字，那充满活力、快乐而带着些许忧伤的女孩模样，便会出现在我的眼前，她是多么美丽啊！

但她还是死了！

我心里总是不断地在问："她真的死了吗？她真会死吗？"那么美丽的一个女孩子也会死去，我不愿接受这个事实。

赫本的死，让我想到沈从文的一句话，他说："美，总不免有时叫人伤心。"但岂独独这件事呢！

再美丽的东西也留不住，又有什么是不灭的呢！

我感到忧伤……

刚才，我查了下资料，赫本活了六十四岁，于 1993 年 1 月 20 日去世……

对于死亡，我还想到陶渊明的《自祭文》，其中有这样的文字：

"惟此百年，夫人爱之，惧彼无成，愒日惜时。存为世珍，殁亦见思。嗟我独迈，曾是异兹。宠非己荣，涅岂吾缁？捽兀穷庐，酣饮赋诗。识运知命，畴能罔眷。余今斯化，可以无恨。寿涉百龄，身慕肥遁，从老得终，奚所复恋！"

大意是：这人生一世，人人爱惜它，害怕它无所成就，贪爱着每日每时。活着要荣华富贵，死后要留名后世。唯独我一意孤行，与众不同。……身居陋室，我也意气傲然，饮酒赋诗。我识运知命，所以能无所顾念。我现在这样死去，可说是没有遗憾了。我已到老年，隐居的愿望已经实现，由年老而善终，没有什么可遗憾的！

我喜欢他对于死亡的态度：以自己喜欢的方式，完成了人世这趟旅程后的无所留恋。理由不想说了。但在全文结束处，有两句话多少有些费解："人生实难，死如之何，呜呼哀哉！"字面意思好讲：人生实在艰难，死又能怎么样？悲痛啊！——前文讲得如此快意，结尾又如此哀叹？不仍在表达"惟此百年，夫人爱之"吗？陶氏的"奚所复恋"呢？

想到弘一法师（1880—1942）临终前，嘱托妙莲法师[②]（1922—2008）自己的身后之事中有一条："当助念之时，须先附耳通知云：'我来助念'，……当在此诵经之际，若见余眼中流泪，此乃'悲欣交集'所感，非他故，不可误会。"

有人说，"悲"是悲悯众生的苦，"欣"是欣喜自身的解脱。法师是高僧，临终前为自己的解脱而欣喜，实在可笑。何况，法师在劝慰妙莲法师的话语中，有"去去就来！……你我有缘，当重入娑婆，定会再次聚首，同弘佛法"等语，平静、亲切如家常语——我境界不到，不理解。

一日，读《痛念弘一大师之慈悲》一文（作者大空，选自《弘一大师永怀录》，书系 2005 年 4 月重排本，上海佛学书局出版），见有这样的话："大师之所谓'悲'者，悲众生之沉溺生死，悲娑婆之八苦交煎，悲法门之戒乘俱衰，悲有情之愚慢而难化，悲佛恩深重而广大，总之为慈愍众生而起之'称性大悲也'。大师之所谓'欣'者何，欲求极乐。欣得往生，欣见弥陀而圆成佛道，欣生净土而化度十方，……如是则于最后示寂往生极乐之时至矣，大师焉得不'欣'耶。"看懂了，依旧不理解。

弘一法师西归，有绝笔"悲欣交集"四字，我所见虽然是照片，依然有着强烈的视觉冲击、内心的澎湃。

有些远了，就此结束。

2024.11.28.

注：

①马拉多纳（1960 年 10 月 30 日—2020 年 11 月 25 日），阿根廷足球运动员。他十四岁完成阿根廷甲级联赛首秀，1978 年成为阿甲史上最年轻的最佳射手，1979 年马拉多纳率阿根廷队夺得世界青年锦标赛冠军，1984 年，他以创纪录的七百五十万美元，加盟意大利保级弱旅那不勒斯队，在这里他创造了辉煌：两夺联赛冠军（1987，1990），一次意大利杯（1987），一次联盟杯（1989），一次意大利超级杯（1990），一次意甲最佳射手（1988）。当时意甲联赛被称为"小世界杯"，云集了大批世界级球星。马拉多纳最伟大成就，是在世界杯取得的。1986 年世界杯上，他几乎凭借一己之力，为阿根廷夺得世界杯冠军。他被评为那届世界杯的最佳运动员。这届世界杯甚至被称为马拉多纳一人的世界杯。他共四次参加世界杯，还夺得一次亚军（1990）。1997 年 10 月 29 日，马拉多纳退役。

他被认为是二十世纪最伟大的足球运动员，是所在的任何一支球队的灵魂与精神领袖。

②妙莲法师：安徽巢县人，九岁出家，二十岁至南京大宝华山龙昌寺受具足戒。年轻时，他就跟随弘一法师，深受其教导，是弘一法师晚年所信任之人。1942 年，弘一法师在往生前，将诸事托付于他：照顾起居、口授遗嘱、临终助念……经历了弘一法师坦然面对死亡的从容。

1949年妙莲法师至香港，二十年闭关修持于大屿山及青山。1979年出版《大智度论》，并赴台湾弘扬佛法。1981年在善信支持下，在埔里建台湾灵岩山寺。他以悲愿普度众生，誓言度化众生至极乐世界。在佛教界有着崇高地位。

妙莲法师数百万信众中，最有名的即香港明星刘德华。他是法师的皈依弟子。

我与世界杯的英雄们

1978 年 6 月，阿根廷举办第十一届世界杯足球赛。也是在那年，我家院子里搬来了两兄弟，哥哥和我一样大，弟弟小两岁，兄弟俩常在院子里踢足球，是当时卖三块六角的橘黄色的橡胶球。不久，我们便认识了，常在高低不平的院子里踢起球来，就这样，我迷上了足球。

因为信息的封闭，所以，那年世界杯的举行，我是不知道的。对于世界杯的了解，是在 1981、1982 年，中国队参加亚太区预选赛。当时，中国队一会儿打科威特个三比零，一会儿输给新西兰个一比二，掀起了一阵足球热。1982 年暑假，我从同学家借到一些 1980 年的《足球世界》杂志，里面有十一届世界杯最佳阵容介绍。出于喜爱，我把十一名队员的介绍全部抄录了下来，共十三张。这份东西，我至今保存着，纸张是类似十六开的白纸，字迹端正，也有些稚嫩。现在它早已泛黄了。

这些球星中，最著名的，当属阿根廷的肯佩斯、意大利的罗西和西德队的福格茨。1978 年阿根廷世界杯，肯佩斯攻入六球，荣获金靴奖，是阿根廷夺冠的英雄。马拉多纳自传中，称他是"将阿根廷足球写入世界版图的人"；罗西成名于 1978 年阿根廷世界杯，1982 年西班牙世界杯则大放光彩，攻入六球，帮助意大利队夺得冠军，记忆里仍有他攻入一球后，跃起，举起双臂狂奔的一幕。这届世界杯，他荣获金靴奖和金球奖。不幸的是，2020 年12 月 9 日，他因病去世，享年六十四岁。可记的是，参加这届世界杯前，他刚刚因假球被禁赛两年，1982 年 4 月 27 日，刚刚处罚期满，就入选了国家队，征战世界杯。福格茨是位身高仅 1.68 米（也有说为 1.64 米）的右边后卫，他生于 1946 年，1978 年时，已是运动生涯的末期，1979 年他就退役了。后来转为教练，执教过尼日利亚、阿塞拜疆等国家队。

　　1986 年墨西哥与 1990 年意大利世界杯英雄，当然是马拉多纳。1986 年世界杯上，对英格兰的那粒进球自不必说，他那杂耍般的带球、过人，是我少年时神往的。我早已淡忘了 1982 年西班牙世界杯时，他被红牌罚下的一幕，以及之后他吸毒、枪击记者等恶行。记忆里，只有他出神入化的球技。1978 年世界杯，阿根廷的主教练梅诺蒂曾说，马拉多纳是三十年才出一个的球员。我以为，大概永远不会再有这样的足球运动员了。他是为足球而生，是我心中真正的足球之"神"。1986 年、1990 年的世界杯上，阿根廷队真正的球星，仅他一人，他带领着一帮三四流的球星，赢取了冠军和亚军。正如在意大利的那不勒斯队一样，他帮助球队夺得联赛、杯赛冠军和联盟杯冠军。而他离去不久，球队很快降入了乙级。这支球队复兴，夺得意甲冠军，已是三十多年后的 2023 年了。

　　1986 年墨西哥世界杯上，勉强称得上英雄的还有普拉蒂尼。其实，普拉蒂尼的巅峰期在 1984、1985 年。1985 年的丰田杯上（世俱杯前身，这也是中国第一次进行丰田杯的转播），对阵的双方是欧洲冠军杯冠军普拉蒂尼所在的尤文图斯队，与南美解放者杯冠军阿根廷青年人队。禁区前，普拉蒂尼接队友过顶球，先用胸部停球，再用大腿颠一下，最后奋力抽射的一幕，深印在我记忆里。那天中午，我在同学家里看了这场球。1986 年世界杯的实况转播，我只看了一场，就是一直为人所称道的巴西对法国。我半夜爬起来看球，被爸爸讲了一顿，说妨碍学习。

1990年世界杯依旧属于马拉多纳。马特乌斯不过有两脚硬朗的射门，这届杯赛上，他攻入四球，获得银靴奖。金球奖为昙花一现的球星意大利人斯基拉奇，攻入六球。但是1990年的阿根廷队有些粗野。

以后几届世界杯，除了2002年日韩世界杯大罗纳尔多射入的几个球可供记忆，其他如C罗、梅西，并不是我喜欢的球员类型，实在是看过就忘。

在众多的世界杯英雄中，还有一位令我神往的球星，就是克鲁伊夫。余生也晚，他驰骋球场的英姿，很少看到，几个零星的镜头让我难忘：他一头长发，带球在边线突进，然后护球转身，几个来回，甩开了身边的两个对手。知道他穿14号球衣。初二暑假，我在平时踢球穿的运动裤上，用白漆也写上了"14"这个号码。后来我想，吸引我的，或许是他那桀骜不驯的性格。

至于贝利，在他那个时代，巴西有迪迪、瓦瓦、加林查、桑托斯等巨星，三夺世界杯，似也不太稀奇。

这几个月来，中国队正在参加世界杯亚洲区预选赛，以往那些世界杯英雄又渐渐出现在了我的眼前，伴随的，少年、青年的往事，也浮现在了心头。

看《血战台儿庄》有感

前几天，看了《血战台儿庄》，虽然是老片，以前也看过，但，我还是很受震撼。年龄渐长，眼泪似乎也多了起来，坐在那里，看着一个个悲壮的场面，还是禁不住落下泪来。由此，深感我们民族的伟大！

电影中，面对装备远优于我军的日军，当隆隆的坦克压向我军阵地时，缺乏相应武器的我军士兵，硬是以血肉之躯，身绑炸药，以与日军坦克同归于尽的方式，阻挡了敌人进攻。何其悲壮！

同样的牺牲方式，我曾于"八一三"淞沪抗战的资料中看到过。当时，罗卓英第十八军第十一师的十八位士兵，面对日军的战车，也同样将手榴弹绑在身上，横卧于战车必经之路，与日军战车同归于尽。

此情此景，让我想到，抗日战争前后历时多年，最终以中国战胜日本而结束，其中固然有美国在太平洋战争的血战，也有苏联红军的出兵东北，但无论如何，抗日战争的主战场是在中国，尤其是在太平洋战争爆发前的数年间，中国以一己之力，抵抗着日军的入侵，且能以决不屈服的姿态，保有近半壁江山，这几乎是一个奇迹。手头正好有份资料，是1937年"八一三"战争爆发前，中日两国军事力量的比较：

"日本有现役、预备役、后补兵员二百万人，加上第一、二线补充兵二百四十八万人，总计四百四十八万人；海军舰艇一百九十余万吨；空军各类作战飞机二千七百余架。而我军号称有一百八十二个师，一百七十余万人，实际上能投入一线作战的为八十多个师，且补充兵仅五十万人左右；海军舰艇十一万吨；空军为三百零五架战斗机而已。"

另外，两国工农业经济水平也存在着巨大的差距。但为什么强敌面对如此"孱弱"的我军，却既不能实现他们的"速战速决"的狂言，又不能使当时国民政府屈服投降呢？我以为，最重要的即是，在面对敌人亡我中国的野心和暴行时，我中华民族表现出了不屈的精神，"把我们的血肉，筑成我们新的长城"，以与国土共存亡之决心，拼死抵抗，才有了当时这一局面，才赢得了世界的尊重，等到了太平洋战争的爆发，为抗战最后的胜利赢得了宝贵时机。

试看，自 1939 年 9 月 1 日德军进攻波兰开始，除英伦三岛、苏联以外，整个欧洲，包括号称拥有世界上最强大陆军的法国，均相继投降，沦陷于德军的铁蹄之下。试想，没有我国军民勇于牺牲的精神，要想求得当时的局面，直至取得抗战胜利，根本是不可想象的！

全面抗战中，中国军队牺牲了很多将军。至于普通士兵则更是不计其数，其中如本文开头所述的壮烈事例，同样数不胜数。

凭此我相信，我中华民族是世界上最伟大、最优秀的民族，它与世界上任何民族同列而毫无愧色，另外，我还相信，这样的民族，必将会有更为美好的未来！

看了《血战台儿庄》后，上面的想法，一直萦绕在我心头。

2008.4.10.

我的流行歌曲

那天，我站在教室座位间的走道上，手插在裤袋里，嘴里装模作样地不知哼着什么歌。一个女孩子问我："刘文正的歌你喜欢吗？"我说："谁是刘文正？""啊，刘文正你都不认识？"我有些尴尬。

那是个不怎么漂亮的女孩子，十多年后的一天，我在一家小饭店里遇到她，她已是一个六岁男孩的母亲了。不过，我还是认出了她。

那时，我还只是个高中生，不认识当时赫赫有名的刘文正，是因为我家那时还没有录音机。我也不知道什么原因，当时的那个场面我一直没有忘记。

录音机没过多久就有了。我也渐渐迷上了流行歌曲，看看我那时的语文书（我把高中时的六册语文书留下作为纪念，其余都给我卖了），就知道我是如何地痴迷了。几本书的封面上，都写着长长的一串名字：刘文正、邓丽君、尤雅、凤飞飞、龙飘飘、欧阳菲菲、郑怡、张帝、青山、费玉清、陈彼得、江玲、高凌风……（这些名字能让我想起一些已淡忘的事）不过，比起现在的追星族，我还是有距离的，我只是想想而已，并不曾追过谁，比如请他或她签名，或者……

因为有了录音机，我开始经常做这样的事，就是把听到的一首首喜欢的歌，全部转录到一盘磁带上，为此，放学后，我常往一些同学家里钻，为录到一首首歌而奔忙。不久，就集到了几盘这样的精选歌带。

几天前，我遇到高中时的同学，他说："小时候，你那么喜欢流行歌曲，还抄了许多的歌词呢……"真亏他还记得，的确，那时我的痴迷还表现在，我曾抄了几本上面提到的这些歌星的许多歌。现在，这几本东西也早已不知去向……

高二军训，一星期不上课，去市郊的某处搞集训。最后一天的晚上，我们搞了个联欢会，有个女孩子唱了一首《一剪梅》，这是我很喜欢的一首歌。那天的这个场面很难忘。

我喜欢的歌曲，还有罗大佑用他那破喉咙唱的《光阴的故事》，郑怡的《野百合也有春天》，刘文正的《秋蝉》……有一次，我曾在朋友面前，唱过那首《光阴的故事》，这首歌的歌词是我很喜欢的，至今我还记得那歌词。歌的最后一段是这样的："遥远的路程昨日的梦以及远去的笑声，再次的见面我们又历经了多少的路程，不再是旧日熟悉的我有着旧日狂热的梦，也不是旧日熟悉的你有着依然的笑容，流水它带走光阴的故事改变了我们，就在那多愁善感而初次回忆的青春。"

后来，年纪渐渐大了，小时候那种心情没有了。对于流行歌曲，我已经没有那么喜欢了，但是，以前喜欢过的那些歌一直留在我的记忆里。每当听到这些熟悉的歌声，常会让我想起那些永远也唤不回的往事。

谭咏麟的《像我这样的朋友》中，有这样一句"爱过的老歌，你能记得的有几首"。这话听来，很让人有些伤感。时光流逝，或许我也会有这样的感叹吧！

今天，路过音乐书店，我买了张刘文正的 CD。妻说我这人恋旧。我想，大概是的吧。

附言

关于音乐，我一直觉得有个遗憾，就是我的欣赏能力，大约只停留在流行歌曲的层面。

很多年前，有一个教管乐的老师晓得我有听些好音乐的愿望，就告诉我说，广播 FM94.7 上都是好音乐，喜欢的话，可以听。我去试了几次，实在听不进去，不知那音乐想要表达什么。稍微能接受些的大约只有小提琴曲《梁祝》。

后来想到，对于流行歌曲的喜欢，或许还与我高中时，看的很多港台电影有关。比如，凤飞飞歌曲的曲调响起，那种熟悉的旋律，就会让我想起那些电影里青春飞扬的画面。

现在，我已接受这个事实，我的车上都是凤飞飞、高凌风、邓丽君这些人的 CD。这些动听的音乐陪伴着我，给了我很多美好的回忆，是的，万事随缘，似乎没有什么好遗憾的。

偶遇

"墙上的字谁写的?"我问。

那天,驱车两小时去海湾寝园墓地。一路导航,手机电用完了,想到门卫室充一下电。里面有四五个保安,穿着黑色印有"特保"字样的制服,一中年人得知情况,说,好啊,到这里来吧。说着,引我到里间的小屋。

七八平方米的房间里,四面贴满书法作品。我有些诧异。

退到外间,坐到椅子上,瞥见正对着门的墙上,贴着一幅行书写就的《三国演义》卷首词"滚滚长江东逝水"。那字体流畅,很有些功力。迟疑着,我问了开头的那句话。

"我们队长写的。"一年轻人,指着之前的中年人笑道。

"那里面墙上的字,也是你写的吧!"我笑道,"你练的是谁的字?"

"米芾的——他的字好看。"普通话里带着苏北口音。

他又引我来到里间,俯身从靠墙的床脚上,拿出两本字帖,说:

"他的字变化多,你看他写的三点水,没一个相同的。"他边翻,边指给我看。

我注意到,写字台上铺着一块毛毡,上面满是淡淡的墨痕,正前方竖起的书夹上,夹着本字帖,右角有一只剪去一半的雪碧瓶,插着七八支毛笔。

"你练了多久了?"

"三四年吧!"

"喜欢啊？"

"也有我爸爸的熏陶。"他说，"当兵的时候，爸爸写信给我，一直是用毛笔，竖着写，我觉得很好看——他是乡下的老师，读的私塾。他到死都是用毛笔写字的。那时候，我练过一年多，后来，也就放弃了。"

"现在不会再放弃了。"我笑道。

"不会了。"他也笑了，"开心啊！我每天早晨五点起床，写一个多小时，再读一会儿帖，字的写法，到我这年龄记不住了，今天写过，明天就忘了，所以，背背帖、手指划划也蛮好。七点半去吃早饭，吃好饭也就上班了。晚上，再找两本字帖看看。开心呀！"

说着，又去床脚翻出一包写的字，摊在桌上。见有一沓水写帖，问：

"你还用这种东西练啊？"

"这可以反复用。平时，我就用这东西来练，好一点了，就用毛边纸来写，到写作品了，才用宣纸。都写在宣纸上太贵了。宣纸、字帖我都是网上买的，打折时，就买点。"他指了指床脚一沓用塑料纸包着的宣纸，又从桌上的雪碧瓶里，拿起一支毛笔，"外面教书法，叫小孩上来就写在宣纸上，我这样写，一个月保安工资都不够啊！——这笔也便宜，是福州路一个老板那里买的，我一直在他那买，十几块钱一支，有半年好写了。"

我呆呆地望着他，猛然想起，又递一支烟给他。

"再练十年，我这个字有点像样子了。"他笑了，指着四周贴的一幅幅作品，说，"有时候写了一幅好字，挂在那里，看看也开心；有时候发觉写的一幅字里，有几个没写好，就琢磨怎么写才对，想到了，也开心。我又不要考什么级、参加什么协会，自己喜欢、开心就好。"

他的愉快感染着我，我也由衷地笑了。

走出门卫室，突然想到《儒林外史》末一回的四个奇人。其中那做裁缝的荆元，喜欢弹琴、写字、作诗，人家嘲笑他做贱业。他说："我也不是要做雅人，也只为性情相近，故此常学学。……而今每日寻得六七分银子，吃饱了饭，要弹琴，要写字，诸事都由得我；又不贪图人的富贵，又不伺候人的颜色，天不收地不管，倒不快活？"

我觉得，他就是这样的人啊！

一个多月过去了，我依然记得他的样子：约五十岁，高高的个子，黑黑的脸庞，鬓发微白，双目有神。

2018 年 8 月 4 日发表于《新民晚报·夜光杯》

附言

写这篇文章，是因为我一年前的某日，梦见了宗洲师，梦里他和我说了几句话，醒来，心里很难过，想，或许是他想要我去看看他。于是，那天上午我去了海湾寝园。

我带了束花，坐在他墓前，抽了几支烟，也给他点了几支烟，然后想了些他的事。我忘记和他说了些什么，临走前，我又给他点了一支烟，磕了几个头。后来我想，我应该给他带一瓶酒。——生病前不久，有人送他一瓶水井坊，他放在家里的小箱子上。说，这酒很贵的，等身体好些了再吃。我没有说什么。可能当时他已经觉得身体有些不舒服，只是并不那么厉害。后来，他没有喝到这瓶酒，就去世了。——将要走出墓园时，发生了文章中写到的事。

在这之前，我还去看过他一次，也只带了一束花。我觉得他大约会喜欢。有一次，他在一个好看的瓶子里，种的小半根白萝卜，长出了绿叶，很是精神。他问我："好看哦?"

青春的歌

美国作家卡佛在一次采访中说："我觉得差不多所有人都是从诗歌开始的。"的确，每个年轻人都是诗人，因为他们都有着澎湃的激情。偶尔的，想到自己对文学的追求，也是从诗歌开始的。

在我书桌的抽屉里，直到现在还放着两本工作手册，里面记满了我年轻时写的诗，有的是成篇的诗稿，有的仅仅是感怀的语句，但无论如何，它们，只属于年轻的我。

读高二时，我担任班级的宣传委员，出黑板报时，我把新写的组诗《顽童的四季》登在了黑板报上。一天，班主任——一个快五十的"老太婆"，站在黑板报前，看了一会儿，说，傅勤，这是你写的？这首写得蛮好。她指着那首《春》说。

绿染上光秃的枝条才不久，
柳絮刚刚开始她报春的远征。
树下早已有一双天真的眼睛，
看看是否有待捕的天牛存生。

我不知道这首诗好在哪里，但班主任的话却印在了我心里。

其实，我第一个接触的外国诗人，是俄国的莱蒙托夫。那时，大哥在读大学，借回来一本余振译的《莱蒙托夫诗选》，那时，我不是在读高一就是在读高二，翻看了他大部分诗，多少有些莫名其妙。比如其中一首诗《帆》，注释中说，这是诗人最著名的诗篇之一。但我实在读不出什么味道来，还是咏赞普希金的《诗人之死》，读来更激昂一些（那时即便是古诗词，我也是更喜欢苏轼的"大江东去"一类的句子）。但我还是模仿他的诗歌样式或者内容，写了一些诗歌，如仿《高加索》，写了《长城》，与原诗一样，共三段，它每段末一句是"我爱高加索"，而我是"我爱长城"。另外，我写的如《片段》《茫然》等这类诗，看题目就知道是仿作。翻看其中一本工作手册时，看到这样一首诗：

> 岁末的寒夜寂静无声，
> 广阔的天宇群星俯视。
> 寒月的光芒如银似霜，
> 明年的今夜仍会如斯？
>
> 无限的祝愿洋溢心中，
> 匆匆忙忙却也难以表述，
> 只愿来年的你不再有
> 片刻的失落而充满欢乐。

所署时间是"1987.12.21. 夜"，诗旁写着这样一句"改莱蒙托夫诗"，但写作本文时，我翻看诗集，实在忘了是仿写诗人的哪一首诗作。1998 年 9 月 6 日，我去文庙书市时，又看到了这册 1983 年版的诗集，就买下了它。至今，它还在我的书橱里。

关于莱蒙托夫，还有一事印象深刻。读高三时，一天，语文老师笑着问我，莱蒙托夫的《当代英雄》读过吗？我说，读过啊。他笑道，一点骗女孩子的方法全给你学得去了。我听了一脸茫然。

那本薄薄的《当代英雄》也是一年前大哥借来的，其实，那时的我根本没读懂这部小说，甚至故事情节看得也很是费力！

在我书橱里，还有一册《朦胧诗选》，扉页左下角写着购书时间是"1988 年 8 月 26 日"。估计是在南京东路新华书店买的。有段时间，我常去那里买书。大约从那时开始，我接触到了朦胧诗。但遇到的问题，依然是看不懂。

就在这时，我读到了四川大学出版社出版、龚翰熊写的《现代西方文学思潮》一书。现在已记不起这本书是哪里得到的，书的中编介绍了象征主义，波德莱尔、艾略特；未来主义，马雅科夫斯基等现代诗的艺术流派，如，波德莱尔的《人与海》一诗中，关于大海这一意象，是这样分析的："海是苦闷、忧郁、阴暗、孤高而深沉的（是诗人的心境赋予大海这样的色彩），而这又和人的苦闷、忧郁、阴暗、孤高而深沉息息相通。因此，'海'是'人'的象征"（见书 65 页）。多少有些生硬，但我毕竟看懂了些。于是又开始依葫芦画瓢。

那时，我报名参加了一个文学创作班，有时会去听听课。班上偶尔会要求交作业，一次，我交了几首新写的诗，恰好之后那堂课，是当时上海一位四十出头的作家（名字我忘了）来讲课，那天，他讲评了一些作品，谈到我写的一首《墙角的吉他》，说，这首诗选择的意象不错。不过，点评也仅此一句。

墙角，有一把断了弦的吉他
躺在那里已经很久，很久

自从那次激昂的弹奏之后

它就不能再演奏什么了

或许，这细细的琴弦
经不起这样的震撼

一天，我偶尔经过那里
不小心触动了一根琴弦

响声里，落下些许灰尘
我猛地哭了出来

诗有些伤感，但那时我写的东西，表达的大都是这种情绪。如《回忆》《遥远》《你要去哪里，我的朋友》，还有些零星的断章。其中，有段时间，我一直很喜欢这样几句诗：

那一天，我依然记得
一样的是秋季
一样的天空，一样的云
一切都与昨天相同：
一张年轻的脸，一双美丽的眼睛
一身简单的衣着，一只奇怪的书包
带来了新的新的一切

当然，偶尔也会有激昂的乐章，比如这首《我的誓言》，七段落的诗中，有这样一段：

只要那条黑色的巨龙不死

我就绝不退让

虽然他凶残、骁勇

我也要他伏尸脚下

以拯救这早已贫瘠的土地

而后，将他的尸骨埋葬在这里

以滋养这生长自由的土壤

虽然，这样的文字不多，但多少反映了我个性中的另一面。

关于诗歌的故事还有另一事可记。认识宗洲师不久，他知道我在写诗，就说，诗歌我不懂，作协创联室有一位诗人，你去找他，听听他对你的诗怎么看。那天，我独自去巨鹿路 675 号找这位诗人。诗人微胖，一头长发，名字我已经忘了，他对我讲的话，我也只记得这样一句。他拿着那沓文稿纸，指着我的那首《中国，我只为这一天》，说，以后这种诗不要写。坐在创联室那间有些阴暗的房间里，我多少有些不解。那年，我二十一岁。

后来，我渐渐地把方向转移到小说上来了，直到 1996 年 5 月 16 日，我写了《当我听到一首老歌》这首诗，之后，我就再也没有写过任何一首诗。

但，我一直记得用诗歌编织起的，我的青春之梦。

2015.10.20.

一件小事

这件事就发生在上个月的一天中午。

"哎，上次四块钱，侬没拿是哦？"和我说话的是一家面店的老板，一个五十多岁的中年人，戴副黑框眼镜，稍胖，着深色衣服。

这家长春路上的面馆，就在第四人民医院后门出来，往左约一百米的地方。估计是一对夫妇经营着。面馆是一幢老式三层楼房的一楼，厨房是沿马路自己搭建的。外墙，满是被油烟熏过的样子，很有些脏。门口放着两张圆桌和一些凳子。我从学校去妈妈那里，有时会经过这里，偶尔，也会停下来，吃碗面。

那天，我刚坐下来，叫了面，正等在那里的时候，脸朝着我、正忙碌着的老板看了我几眼，忽然对我说了上面这句话。

我一怔，他还记得？

大约两周前，我曾在这里吃过面，吃的是拌面，加了块素鸡。六块钱。当时，我还想，现在的东西是贵！正在吃面时，老板把找我的四块钱，放在了我面前。我想，走之前再拿吧！谁知，到了妈妈那里才想起，那四块钱竟然忘记拿了。回想吃面时，我边上也坐着个人，或许是他拿的，吃完面，早已走了；若是老板拿的，去问他，也未必会承认；反正只是四块钱，就当是十块钱一碗面吧！

正在我没有反应过来时，那老板又说道：

"是的呀，就是侬呀！——上两个礼拜在这里吃面的！"

我笑着点了点头。

他回头，朝着同样在忙碌的女的（大概是他妻子）说：

"今朝，伊还是吃素鸡拌面是哦？——收伊两块钱好了！——上次四块钱是伊的。"

这一刻，我多少是有些震撼的：他竟然还记得我？他竟然主动把钱还给了我？——而且是在我自己已不肯再提起，甚至多少有些忘记的时候。

我惊讶地看着他，这个中年人，一个普通的上海人。或许，曾是个下岗工人，为了生活开着这家面馆。他普通得就像你我，是可以淹没在人海里的。

这时，面端过来了。我抬头拿筷子的时候，隔壁那张桌子上吃着面的一个人，抬头朝我笑了笑。我也回应了他的笑。——离开这家面馆时，骑在车上，我想到了这句话："礼失求诸野。"说得多好啊！

2014 年 3 月 7 日发表于《新民晚报·夜光杯》

附言

短文最初的题目是"礼失求诸野"，原因是，离开那家面馆我想到的，就是这五个字。《新民晚报》发表时，编辑将题目改为了"四块钱"。陈永志老师写序前，读到这篇文字，觉得两个题目多少都有些问题，建议改为"一件小事"之类的。我觉得很有道理，尤其是他觉得"礼失求诸野"欠妥。于是，我不怕冒犯鲁迅先生，改题目为"一件小事"。一笑。

我爱香港

像我这样，成长于八〇、九〇年代的一代人，对于香港是有着特殊感情的——给予我们这代人以现代感的启蒙，以致追随向前的，正是香港文化。

那时，我们常听到的一句话是，香港是文化的沙漠。其实，我对于他们说的"文化"究竟是什么并不清楚，是否沙漠，也并不知道，我们这代人，对于香港文化最直接的感受，便是香港的影视作品、流行歌曲和武侠小说。

记得八十年代中后期，我还在读高中，上海街头开出了许多录像厅放映港台电影。常常连放两部片子，一部生活片，一部武打片。我家附近花园路、中山北一路口的转角处，就有这样一家录像厅。下午有时不上课，正好又有些零用钱，于是我常钻在录像厅里，消磨三个多小时，常为电影情节及演员所吸引。那时看过的电影名字大都忘了，印象深刻的演员有陈观泰、甜妞等。

真正第一部风靡上海大街小巷的香港电视剧是《上海滩》，它为我们展示了我们所不知的上海。虽然后来知道，无论是情节还是服装等，都有违那个时代，但是，上海人对于电视剧本身的喜欢，以及对演员周润发、赵雅芝的喜爱，还是掀起了对香港电视剧的一阵膜拜之风。周润发在电视中一条白围巾、一顶礼帽的装束，引起了当时青年人的效仿。一次高中同学聚会，一同学讲起，高中过生日时，同学送他一条周润发式的白围巾，他上学时天天围着它。另一同学笑他，后来白围巾快变成黑围巾了，他还天天围着。其他同学听了，也都大笑。

还有一部《神勇双响炮》的电影，印象深刻。热闹、好笑、轻松的情节，完全不同于我们这里的电影风格。也让我记住了两位长相难看的香港影星：吴耀汉、岑建勋。2023 年，吴耀汉去世。

谭咏麟、Beyond、罗文等香港流行歌星，同样影响着我们的生活，改变着我们的价值观。课余录这些歌星的磁带，大概也是我们的主要工作。

我看的第一部武侠小说是《射雕英雄传》。已是高三，但是，我们还在拼命读着这些书，被小说中男女间的恋爱、侠客们传奇的经历吸引。一本书借来，后面早已有两三个同学在排队，常常时间只有一天。于是，利用一切时间阅读成了最重要的事。它的确有这样的魔力。一次，上地理课，我在看刚搞到的《萍踪侠影录》，地理老师，一位七十岁的老头走到我座位边，温和地劝我不要看。下课，他走过来，说了句让我吃惊的话："看完，借我看看。"正想着他怎么也要看这书，他笑着说："成年人的童话呀。"前前后后，我看了十多本金庸、梁羽生的武侠小说。

这些，为我们打开了另一扇窗，为我们知晓，在中国大陆之外还有一群中国人，过着和我们不一样的生活，有着不一样的想法。这种不相同，让我们产生许多好奇，而彼此同为中国人，又产生了许多认同感。

2001 年我来到香港，看到以往电影里看到过的街景，倍感亲切。傍晚，走在酒店附近的一条小街上，我蓦然觉得这里的景象，与我生活的上海街景是如此相似。老式街面房，房门大都开着，门口常有几把小凳，偶有一两个老人坐着望街景。经过一家门口时，我还看到一个老头正蹲在地上，在砧板上切一块刚煮好的白切肉。我默默走过街面，把这一切留在了记忆里。

夜晚，我与同事外出散步，见一体育场里，正有一群女足队员在训练，球瘾上来了，便厚了脸皮，搭讪着，和这些女队员踢起球来。因为穿着拖鞋，于是便赤脚上阵。出于好奇，我们问，你们是什么队啊？一女球员笑着说，香港青年二队的。看看我们要走了，那队员还大声和我们说，我们每周这个时候，都在这里训练的，你们来玩好了。其实，第二天我们就返回上海了，但我们还是笑着答应着，好。

香港回来，我常对朋友们说，我爱香港，我觉得香港就像我生活的上海。

2014.11.4.

体育是最好的教育

体育除了运动本身展现的美，以及游戏带来的快乐，更重要在于，它教会我们如何面对困难、与人相处、面对生活……这一切，才是体育的全部意义。

体育带给人们的，是对自我极限的挑战和坚持不懈的精神。它提升了人们的精神，使我们面对困难，产生巨大的勇气和坚韧不拔的毅力。这也是人类社会不断向前发展的动力。

牙买加短跑运动员奥蒂，十五次当选国家年度运动员，是两位参加过七届奥运会的运动员之一，共获得八枚奥运奖牌、十四枚世锦赛奖牌，却始终与奥运金牌无缘。

然而，奥蒂五十岁时仍然奔跑在赛场上，此刻，比赛结果已经不再重要，重要的是，她还在朝着心目中的目标前进。

她说："我这辈子在跑道上，输比赢要多得多，输，我是最不怕的。大家都因此同情我，但不知道，输，带给我的人生收获，比赢还要多。"

赛场上这种拼搏精神，同样深深影响着我们的生活。现实中，失败永远多于成功，挫折就像横亘在我们面前的一道阻碍，向上、不服输的体育精神，为我们很好解答了这一问题——面对挫折，只有不放弃，勇敢面对，才能成为真正的强者。

在国外，人们对体育的热爱是超乎想象的，当我们还在牵着孩子的手小心呵护时，他们已经敢于让孩子在泳池里自由驰骋，鼓励孩子参加摔跤、橄榄球等比赛。孩子受伤，当然会心疼，但他们更在意的，是给孩子一种向上、永不服输的体育精神。

体育教会我们遵守规则。任何体育项目总是在一定的规则下展开的，只有遵守这一规则，比赛才能进行，犯规，轻则警告，重则判罚出场或直接判负。现实社会不也如此吗？它的运行也束缚于道德与法律，逾越这一界限，轻则谴责，重则受法律的严处。——渴望胜利，必须是在一定规则约束之下，公平竞争的结果。

体育不只是竞技，还能收获快乐，因为是真正的热爱，真正的享受运动本身，每一次都在挑战自我，突破自我，所以内心是快乐的，赛场上不以成败论英雄，感受的是体育之美，看到的是努力和付出。

因此，奥林匹克精神用"更快、更高、更强"来概括，是远远不够的。更为人性化的是，1908年7月9日美国宾夕法尼亚大主教布道时的那句话："参与比获胜更重要。"奥运会创办者法国人顾拜旦将这句话改为："在奥运会上最重要的是参加比赛，而不是取胜，正如在生活中最重要的不是成功，而是斗争，不是征服，而是努力奋斗。"

体育还能让我们拥有更多朋友，教会我们如何与人相处。如果你在球场上认识一些人，几场球下来，你就能了解他们的为人，或许你们就能从队友、对手变成朋友。还有，在集体项目如篮球、足球中，当队友出现在比你更容易得分的位置，你果断地传球给队友，以队友得分方式，完成这次配合，这种协同作战的胜利，不正教会了我们团队协作的精神吗？当队友进球得分时，奔向队友，表示祝贺；当队友为你做球，让你得分时，你同样应奔向队友，表示感谢。同时，给失误的队友以鼓励，给出色的队友以赞扬，不断给同伴更多正能量，因为这是一个团队，一个集体。即便是个人项目，比赛的是一名球员，背后仍是一个团队，每个人一起努力，才能使赛场上的球员发挥更出色。

在日常工作与生活中，人与人不也应该这样相处吗？这就是团队精神。

体育还丰富了我们的人性。2018 年世界杯上，多次扑出点球、创造奇迹的克罗地亚门将苏巴西奇的故事，为我们展现了真正的人性美。

7 月 13 日，比赛结束哨音响起，克罗地亚队以 2∶1 逆转战胜英格兰队，首次杀进世界杯决赛。

这时，镜头对准了苏巴西奇，此前，他赢得比赛后，总是脱掉球衣，将印有好友赫尔耶·库斯蒂奇照片的衣服露出来。

库斯蒂奇是他的挚友，两人曾同在一家俱乐部效力。年轻的他们充满着梦想，相约要一起站在世界杯赛场上。但是，2008 年的一场比赛，库斯蒂奇意外撞到了边线三米外的墙上，头部重伤，永远离开了人世。此后，苏巴西奇都会穿着印有好友照片的运动服参加比赛，以此来信守对朋友的承诺。他带着挚友的梦想，十年后的今天，终于迎来了足球生涯的巅峰时刻。

国际足联明令禁止这种行为，对克罗地亚足协进行了罚款，对苏巴西奇口头警告。此时，球队晋级决赛，苏巴西奇不顾国际足联禁令，掀起了球衣。就在这时，更感人的一幕出现了：一位女士走到了苏巴西奇面前，轻轻地拥抱了他，阻止了这一举动，以免再遭处罚。她就是国家队球员经理——伊娃·奥莉瓦里。

事后，苏巴西奇在社交媒体上动情地写道："伊娃，别担心，有你在就不会有处罚。"

这届世界杯，法兰西勇夺冠军，让我们感受足球之美，苏巴西奇掀起球衣，泪流满面的场面、与伊娃的拥抱，让我们感受友谊、承诺和温暖，这才是足球的全部！

　　正如，还有大量慈善赛事，如香港全明星足球队进行的义赛等，不同样反映了人性善的一面吗？这也是体育传递给我们的。

　　体育带给我们强健的体魄，给予我们积极、乐观、向上的心态，教会我们处世之道，丰富我们的人性，这才是体育意义的全部。

　　是的，体育才是最好的教育。

2019.1.1.

佩服你哟！马保国大师

有时想，像马保国这样聪明的人，怎么会被骗上擂台的？

2020年5月17日，山东淄博演武堂的擂台赛如期举行。1952年出生，自称浑元形意太极门掌门马保国，对垒五十一岁业余拳手、武术教练王庆民。开赛四秒，马大师即被对手击倒，裁判立刻拉住追打的老王；大师起身，隔着裁判，朝老王指指点点，十八秒，大师又被击倒；再次起身，嘴里念念有词，一百个不服帖，刚抬起腿来，被老王一个直拳砸在脸上。大师直挺挺地倒地，后脑勺着地，终于一动不动了。——老王既没有拳王阿里的"蝴蝶舞步"，也没有李小龙的怪吼，三拳，朴实地击倒了大师。

场边有人惊呼"完了！完了！"——还好，晚上，大师在社交平台发文说："马老先生现在一切安好！"到底是有内功护体，总算安然无恙！工作人员说，大师正在输液。

比赛前，大师豪情万丈，发朋友圈，说："一票五元，下午直搏我首场国内擂台赛，为传统功夫正名！请朋友们买票并转发！69岁的老兵马保国拜托了！"——这里的"直播"写为"直搏"，估计系大师手误。这是大师上午九点十七分所发，感觉大师像是在国外打了很多场比赛似的。十一点四十三分，再发朋友圈时，或许对手到擒来的胜利的激动，大师一错再错，有些不知所云："谢朋友们了！哈哈哈哈我！请吨转发！我三点多或4点打压轴！"——文字上的错误，估计系大师兴奋所致。

罪魁祸首是谁？想了想，大概是马大师自己！因为毕竟没有人拿枪逼着他上台。那么，是什么造成大师觉得，自己能称霸武林呢？也还是大师自己！——人，有时会被错觉迷惑，导致自我膨胀！

据说，马大师幼年习武，稍长，结识了"郭大侠"，那人自称是武当及峨眉功夫传人、浑元太极第二代传人，马大师开始跟着他修习浑元太极。估计时间是在七八十年代，那时早已没有了金庸描绘的江湖的血雨腥风，此"郭大侠"非彼"郭大侠"。2001年儿子去英国读书，缺少点学费，大师聪明，想起了学过的武术，想起了外国朋友对中国功夫的盲从，于是设立武馆，收费收徒。

可能是赚钱的需要，此时大师自说自话，称自己是英国"功夫王"。2004年拉起大旗，创立"英国浑元太极拳协会"。2013年，大师与"学成归来"的儿子，在上海创立了"浑元形意太极门"。据说，儿子持股100%。不知当下执掌英国武馆的人是谁，还是关门大吉？大师应该捞到了金，竖起了大旗，拍摄了与英国格斗冠军的视频。

英国佬"武盲"，看到大师"乌里马里"、假模假样的功夫，视其为武林高手是有可能的。李小龙电影的风靡，但凡中国人穿件短裤，做半蹲状，挥挥手，外国朋友是会竖起大拇指"李，李"地叫的。叫得多了，马大师自然端起了大师架子，平时教授外国朋友时指点江山的气势，估计大师的样子越来越"浓"了。

于是，大师真的诞生了！在一次终于没有打起来的比武大会上，徒子徒孙在身后撑着大旗，马大师豪气冲天，做挥手向前状——大概是这样，大师被骗上了擂台！

唉！自我膨胀害人啊！——本来是想扬名的，现在被弄成出丑。

如果说，打擂台，是大师被真真假假的幻象冲昏了头，那么之后的事，就是大师故意在招摇撞骗了。

　　之前与英国格斗冠军的比武，英国人说，是大师出钱，自己配合表演的；马大师说，是实战。我看过视频，格斗冠军年轻，三十左右，体格肌肉远超击倒他的老马，但冠军不进攻，不挥拳，只做防守状，倒是马大师貌似进攻，"啪啦啪啦"拨弄着。大师后来在视频里讲，他们比武讲究武德，是点到为止。打下来，冠军认输了，并称赞中国功夫"very good"。本来还可以反驳，说，这是一笔糊涂账。但上升到"中国功夫"的高度，似也不能说什么了——总不能贬低"中国武术"吧。

　　再说，被打后的当天晚上，大师出镜，眼角上肿着一只"青皮蛋"，笑着指责老王，年轻人不讲武德。意思是没有点到为止，真的"豁上"了。并严正警告，要"耗子尾汁"。后来的一次采访中，大师坚持认为，他应该可以赢，之前鲜龙活跳，老虎也打得死，后来比赛前，喝了一口水，水里被下了药，所以，动作迟缓了，吃到三记"生活"——采访他的年轻人，一时不知如何应对。

　　没过多久，大师更加生龙活虎了。视频接二连三。但大师当其他人才是瞎子。为显示武功高强，大师耍几下长枪，然后，用它去戳绑在柱子上的西瓜，西瓜不配合，几下没戳准，滑掉了。十几下后，终于，被戳中了。大师一个收势，大功告成。像周星驰电影里的镜头。只是浪费了几只西瓜。似乎与西瓜有仇，拳打西瓜，也是大师喜欢表演的节目。只是大师的"粉拳"要打好几下，才将西瓜打开。拗晾衣服的"丫杈头"，也是保留节目。只是这"丫杈头"大概是用薄得来像纸一样的铝合金做的，估计八十岁的老奶奶也拗得断，大师故作惊人状，嘴里"嗨嗨"发出呐喊，然后，潇洒地扔下拗折的"丫杈头"，说，这是内功（大师常挂嘴边的还有一句话："练拳不练功，到老一场空"）。当然，最有趣的是，大师演练绝技"闪电五连鞭"，每次打得都不一样，像癫痫，但不口吐白沫。大师说，里面有"接化发"，有进攻，有防守。要打得"松活弹抖"，听起来像"和面"的要求。"松活弹"，我是没感觉出来，"抖"倒是真有，大师所有演练的收式，都有"抖"这个动作。让人浮想联翩。

渐渐，大师走到前台，开始了各类商演，据说，出场费二十万元。表演的还是"闪电五连鞭"。大师发视频做宣传，自称"老党员、老武痴"，打的是"弘扬中华传统武术""为国争光"的旗号，结尾句总是"大家不见不散哟"，嘴巴做鸡屁股状，声调上扬，有些河南娘娘腔状。而且，商演有蔓延之势。

我看过一个大师商演的视频，一略显肥胖的年轻女子，穿着白色的丝绸短裤和吊带衫，在大师指导下，表演"闪电五连鞭"，在众人的喊叫声中，女子像疯子一样，挥手顿足。表演结束，大师笑着点评——商演，走上了男女混搭的道路。

据说，大师是 1977 年恢复高考后的第一批大学生，担任过国企的处级干部，现在终于在中华武林找到了自己的人生坐标，且逆境奋起。做些胡乱的动作，说是武术，类似于严贡生，指着云片糕，说是几百两银子配的药。这要怎样的勇气和智慧啊！能不佩服吗？

近来，有位叫"爱在深秋"的缺了半边牙的老头子，在人民公园称，八月份股票要涨得你看不懂，2026 年 9 月，上证指数要"向天再借一万四千六百点"！数年后的事，还不能确认，之前的预言，基本都是泡影！老头子嘴巴老，讲，后年不到，再后年到，终有到的一天——视频下，有人评论："侬等得到这一天吗？"现在老头子"横竖横",开始在星期二,预测星期四、星期五股市,称,将涨得你看不懂!缺了半边牙,一脸自信,言之凿凿,结果当然是不用再说了。重要的是,边上总是轰着几十个人叫好,还有几十人举着手机拍摄杆,杆子几乎要戳到他下巴了。老头子现在越来越自信,戴起了墨镜,手拿一把扇子,神采飞扬,没牙的嘴,唾沫横飞地开始推荐个股,要求大家逢低买入——胆子真大,不怕"吃生活"吗?不怕,谁打他,可以拨打110,不像马大师,打了也白打。

相较而言,还是聪明的马大师更值得佩服,他毕竟名利两得。佩服!佩服!反过来又想,这样的人在社会上横行,大概不是什么好事。

2024.8.24.
8.28. 修改

附言

陈永志老师说,以后不要写这样的文章,在这种人身上花那么多精力,不值得。

我明白陈老师的意思。但是,一则我觉得这人有趣,生活中,我情绪并不高昂,甚至有些悲观,喜欢这类能给我带来欢笑的人物。看到他三拳被人击倒的样子,还有人们恶搞他的视频,以及现在他将武术表演成癫痫的画面,都带给了我欢乐。二则我觉得他是我们这个社会一部分人的缩影。他的恬不知耻让我恶心。

但陈老师说得对,不值得!——因为还有很多更重要的事需要去做。

第四辑　读书

　　钱钟书被誉为"文化昆仑"，陈寅恪被认为是"教授中的教授"。其实，不读书，生活照常继续。朋友问，你为什么读书？我说，只是喜欢，只是好奇，我也知道基本无用。

说说我读书的多少

前几日闲聊，有朋友说我读书多，听来惭愧，不知如何作答，只能报以结结巴巴的否定。朋友或以为我虚伪，其实，这是我真实想法。常有的想法是，朱自清、叶圣陶、钱穆辈都曾是中小学老师，与他们相比我算什么呢！

很多年前，读《曾国藩家书》，曾国藩告诫儿子：四书五经外，尚有十一种必读书。分别是《史记》《汉书》《庄子》《韩文》四种，另有《文选》《通典》《说文》《孙武子》《方舆纪要》《古文辞类纂》，还有就是《十八家诗钞》。这些书，我大部分只读过其中的选文，有些连书名也没有听说过，更不知所写的内容，如《方舆纪要》。

朱自清在《经典常谈·四书第七》中说：

"从前私塾里，学生入学，是从四书读起的。这是那些时代的小学教科书，而且是统一的标准的小学教科书，因为没有不用的。那时先生不讲解，只让学生背诵，不但得背诵正文，而且得背朱熹的小注。"

想到，我入学时读的是些什么呢？那时看的多是《战斗在敌人心脏里》《姑苏春》一类的小说书，古诗词基本不读，背得出的第一首诗，是《七绝·为女民兵题照》："飒爽英姿五尺枪，曙光初照演兵场。中华儿女多奇志，不爱红装爱武装。"另有爸爸偶尔会让我背几则《论语》，如"三人行，必有我师"。五年级下，开始读《三国志通俗演义》。记得钱穆在《八十忆双亲》中说，九岁时，他就能背诵《三国演义》。想想也觉得可怕。

这些前辈学者的记忆力惊人，估计都是下过苦功的，姜亮夫在《忆清华国学研究院》里写道：

"记得有一次同乐会，大家要任公先生（梁启超先生）也表演，任公先生说他背一段《桃花扇》。结果全段都背出……静安先生（王国维先生）当即也背诵了《两京赋》。

"廖季平先生更突出。《十三经注疏》讲注时，他可以把注大段大段背诵，并且还可以告诉你们在某一版本某一页某一段，你们可以查对。还有祝杞怀父子记性都很了不起。如讲唐代平淮西这事，他把两《唐书》资料，《通鉴》中资料，韩昌黎写的《平淮西碑》，以及后人评淮西的诗词整整背了一个半小时，我们这批学生在这种场合下只有记题目的能力！"

读完这篇文章，我在题目边上，写了这样一句话："与这辈学人相比，我们就是文盲！"

另有一例可举，赵昌平先生在《我心目中的马茂元先生》一文中，有这样的记载：

"1985 年冬，先生上一次病情恶化，我闻讯赶往中山医院时，他昏迷已一昼夜，待到苏醒过来，先生疲乏地环顾周围的亲人学生们，说了句'隔世为人，好像出了趟远门'，接着眼角噙泪，背起了江淹《别赋》中的一节：'至如一赴绝国，讵相见期？视乔木兮故里，决北梁兮永辞，左右兮魄动，亲朋兮泪滋。可班荆兮憎恨，惟樽酒兮叙悲。值秋雁兮飞日，当白露兮下时，怨复怨兮远山曲，去复去兮长河湄……'虽然音声微弱，但竟然句读如常。

"先生的一位研究生曾对我说：'先生能背一万首诗……'一次，我斗胆问先生是否真能背一万首唐诗，先生笑笑谦逊地说：

'五千吧，五千吧。'"

这些例子，都是让我震惊、害怕的。

年轻时，读周作人的散文，很奇怪他的文章，常常大段大段抄录别人的文字，又吃惊于他的渊博，他哪里看的那么多书，又记得住，恰当地引录。如，他的《日记与尺牍》一文，只一千三百字，却引了六本书中的文字：《全晋文》中王羲之杂帖二首、日本诗人芭蕉的短简、汪辉祖的《病榻梦痕录》、小林一茶的《一茶旅日记》、夏目漱石日记、契诃夫与妹书。——其中有三位作者我是不知道的，六本书，我一本都没有看过。

我的浅薄，另有一事可记：大约十年前，我闲逛至虹镇老街一旧书店，翻到一本1957年版的《屈原》，就买了下来。回家翻阅，很吃惊语言的流畅，史料运用的老到，翻看作者，是詹安泰。并不认识，查了资料，才知道这是一位著名古诗词专家，被誉为"一代词宗"的人物。为此，感慨了很久，且对此事牢记不忘。

一天，开车回家，突然想到《论语》中，孔子对自己有这样一句评价："其为人也，发愤忘食，乐以忘忧，不知老之将至云尔。"很喜欢这样一种境界。

或许，我永远达不到前辈学人的高度，但我同样拥有阅读、获得的乐趣，且每天都能有些许的进步呢！因此，我不承认我读书多的同时，并不丧气。

2022.6.9.发表于《虹口报》副刊
发表时题为《那些前辈学人……》

武侠小说的路数

好像担心别人说，没妈的孩子都是野种，写武侠小说的人都爱上溯西汉的《史记·游侠列传》，下追唐人的传奇，仿佛如果出自大家闺秀，就有了被扶正的可能，或者至少能在大庭广众和原配夫人吃吃醋。可是，我们武侠小说这帮不争气的姨太太们仿佛都是一母同胎所生，看得多了，让人们猜到那一群可能是串通好了来的。在被"迷魂汤"灌饱的昏沉中醒来之后，我们也略略摸到了些路数。似乎和某个精神病人住得久了，就能摸准他发病前的症候。现在，我们来看看它的"三斧头"。

小说开始的时候，总有两个小说中的二路货（多为一男一女）在假模假式地练剑，边上有个老头拿着旱烟袋算是他们的师父，至于那一对男女的关系是不大容易弄得清的，虽称兄道妹，可绝非嫡亲。男的总是死了母亲，他需糊涂得连自己是谁也分不清，一定要到小说中间才能由刚挨了"绝命掌"，即将死去的老头在残喘间说出。此时两人的武功应是女的高一些，男的总是有些死皮赖脸地偷眼瞅上那女的几眼，以示爱慕。那女子是绝不会垂青于他的，她此时应十六七岁，国色天姿，在以后她是要和女主角吃吃醋的，吃了醋，就在小说快结束处出家当了尼姑，于是某天小说家偶尔"牛性"大发时，大笔就可再吹出一套十几册的全传。

忽然，有几骑人马匆匆而过。老头眯眼观瞧，那两个傻男女开始问东问西，老头便故作姿态地道出一段发霉的武林往事，然后说："这几个江湖上的头面人物的出现，定然是有缘故的。"又有一个问:"你怎么知道的?"老头会吓你一跳地说出,他就是二十年前名震江湖的"鼠破胆",因为踩坏了师兄家的一棵草而隐居荒野。说完,老头就带上这对"宝贝"再次出山了。

小说背景以前还有,多取自宋末元初或明末清初,正所谓"乱世吹英雄"。到后来,或许觉得戴着口罩吹气球太费力,还可能想甩出大手笔,囊括一切时代,便开始对时代背景"不着一字",以为"尽得风流"了。

在老头三人兴冲冲赶往某地的途中,总会有个行踪飘忽的黑衣人时隐时现地尾随而来。有经验的看客此时都已猜出,那人多半是女主角了。只等着男主角的出现来演一出"美女救英雄"。她应和男主角的师父有些"过节",经常是她师父被男人甩了,却要徒弟替她报仇,并一口咬定:天下男人没一个是好的。这为以后男女主角的恩恩怨怨打下伏笔。

目的地一般是在某个大侠的山庄里。山庄的名称可以随意捡一个如"吃饱饭庄"之类。虽说这位大侠名满江湖,可武功只有二流水平,即便五大三粗,也是"猪鼻子上插葱"。进入大厅,此时各路人物已是拥作一团,他们定分两派甚至三派四派,其中某派便隐着书中的主人公,他是位二十出头的毛小子。山庄的庄主大有国际法官的味道。于是,在称兄道弟间,呼出一大串稀奇古怪的诨名,说道:"你老弟的'撞墙功'可谓名震江湖,'撞破头'的大名江湖上谁人不晓!"另一个马上哈哈假笑地仰过头去,再暴出眼球直视对方,说:"你老弟的'豆腐手'也是出自名家嫡传啊!江湖上哪个不让你三分!"接着,"鬼见笑""人见跳""咸猪手"等窜出一窝。说不上两句,就像"死掉了棉花店老板——弹(谈)不下去了"一样,开始大打出手,仿佛都是《沙家浜》中胡司令的亲生。原因本来很简单，只为一本破得没了牙齿的经书。雅性大发，送了个名称为《乱发神经》。据称，一旦获得此书，练成"乱发神经"，便可独霸武林，领袖江湖。互相张牙舞爪间，主人公也加入了拼斗，毛头小子一下竟昏了头，莫名其妙地和自己的师父结了怨，明眼人知道，这多半是那女主角躲在房梁上大发暗器呢。

结下了"梁子"在中原待不下去，便和女主角一起奔向沙漠了，或是新疆，或内蒙古。仿佛嫁出去的女儿在婆家受了气，总是跑回娘家一样，昆仑山是必到的，后来可能嫌昆仑山矮了些，不过瘾，也爱去喜马拉雅山了。于是一路施展"踏雪无痕"的绝顶轻功直奔而来，登上昆仑山有如攀过虹口公园假山般容易，得意处再叹一句，实在"匪夷所思"。

对于这类武功是非跌入深谷或攀上昆仑山而不能获得的。这对男女一路打闹地奔向沙漠的途中，会有一群敌手追杀过来。追杀者中好人坏人混杂中间，展开几路名称从成语词典中抄来的拳法，舞蹈间，那对男女会不慎踩上块西瓜皮，一下跌入了深谷。似乎此时主人公已必死无疑，其实大可不必担心。其时几万丈的深谷早已住定一个异人，蒙蒙间，两人醒来，互拥互抱含笑等死之际，说着现代贾宝玉和林黛玉的情话，肉麻得让那个异人触到了电。异人的丈夫是个"陈世美"，于是异人把她对男人的怒气发泄到了这一对身上。和活人不一样的脸，多是断了腿的，若是瞎了眼则更妙。起初有些怕人，后来那男主人公的傻话感动了那人，她早已在深谷中打瞌睡时练就了一身武功，比如能用身体发电等。于是开始传授武功，一天，两天……男主人公太笨，学得实在慢，仿佛只有傻瓜才有真诚。但也终于练成了，就发了朋友的微信，叫了架直升机，从上面放下一根绳索，救出了他们三人。

又一路赶着走，忽地碰上了追来的人，其中可能还有武林正宗——来自少林寺的方丈。虽送一顶"武林正宗"的高帽子戴戴，可高帽大过了头，遮了眼，方丈的武功也不过尔尔。举手开打间，那男主人公猛地使出了刚学的功夫，谁知没了轻重，竟重伤方丈，方丈猛吐一口血，手捂胸口，指着打伤他的人一脸惊慌地问："……你，你……这'乱发神经'是谁教你的……"男主人公惊呆在那里，结巴地说："……我，我……""'黑灯瞎火'是你什么人？"跟来的一听"黑灯瞎火"的大名都一拥而上围定两人，打开了群架。没办法，两人只能再次逃走。

不知不觉间学了一门高深的武功，就像中国人第一次吃西餐不会用刀叉一样。困惑着来到了昆仑山，这对男女也吵得大有散伙的味道了。昆仑山上的武林前辈因吃了千年的灵芝，已脱了白发长出了绿毛，语重心长地说："为人之道以忍为贵，故有古人云：小不忍，则乱大谋。以忍为进由忍而发实为人生之真境界也。近年来我吃饱了没事干，想出了一套'忍到肚子里去'的拳法，全讲究后发制人。练这套拳法最注重心法，要有女人十月怀胎的气量方可练习。""弟子牢记了。"

在练这套拳法的时候，男女主人公也因吃饭是不是用嘴的问题而最终分手，但藕断丝连是必要的，流三滴眼泪也在情理之中。此时，京城中正将大乱。众武林豪杰聚集那里，或在赌场略施小技骗人钱财；或聚众酒楼纵横朝廷（说得不舒服，拍了案后，定是要摆出流氓状冒充豪杰的），于是男主人公也该去京城"出趟差"了。

到了京城皇宫是非去走走不可的。皇宫像是自家的独用卫生间，是可以随意地进出的。宫墙上跳上跳下，照例要大打出手，大内高手都是虚掩的门，一推就开，三下五除二杀了进来，目的也无非为看看皇帝是否也用脚走路。这时深谷中的异人出来了。原来，她竟是皇帝下江南时结识的武林女子，后来终于被抛弃，现在皇帝良心发现，已把她接进宫来。"只有我们亲眼看到你杀了她才相信。"此时，众豪杰正紧张地直瞪着男主人公。"我……我……"他还照例用发呆应付。"黑灯瞎火"冷笑三声说："来杀呀，可你并不曾有他们那般的心计。""杀呀！"众豪杰发了急叫道。在快绷断神经的时候，他又一路逃到昆仑山去了。

绿毛老头又炒了一顿冷饭给他吃，他也不嫌味淡照吃不误。最后找到了个和女主角的住处遥遥相对的山峰住了下来，准备去追求他到死才能得到的爱情了。

草草地探究了一番武侠小说的门径，当然，现在的武侠小说已大有变化。尤其是书中人物的武功也像日长夜大的孩子更加神奇了，用眼睛杀人，在十米开外用牙齿咬人已是雕虫小技了。实在是"匪夷所思"。前段时间，武侠小说似乎终于被扶正了，某位名家的地位上蹿至"大师级"，直逼巴、老、曹。心想，这世界变化实在快，看样子，三四十年代"三角"专家张资平先生也要气醒过来，说："他能，我为什么不能？"更有一些人吃饱了没事干，与某名家争来辩去，吵得烦人。借用老和尚的一句话："让他超生去吧！"

我也唠叨得够了。大家散了，吃饭去喽。

2000 年 6 月发表于《萌芽》

附言

　　这是我二十二岁时写的文字。给宗洲师看后，他说，归纳得蛮好。当时，他正在开通俗文学的课程，就把它打印成资料，发给学生。那时我已毕业工作。几年后，当时的《萌芽》编辑胡玮莳（后来担任了杂志的主编），与一帮新概念大奖赛获奖的年轻人，在《萌芽》上搞了份刊中刊，我把这篇东西给了她，稿子登出来了，大家觉得"乱发神经"这书名好玩。在编《萌芽》的一本选集时，把这篇文章选了进去。但现在这本书我找不到了，连书名也忘记了。

　　这次，陈永志老师看了这篇文字后，告诉我说，我片面了。武侠小说是类型小说，是有套路的，像写《尼罗河上的惨案》和《东方快车谋杀案》的英国侦探小说家阿加莎·克里斯蒂，她的小说总是在结尾处，由小胡子侦探波洛将所有人聚在一起，揭开案情的真相。但就思想性而言，武侠小说有其现代性。如金庸《天龙八部》中萧峰的自杀，古龙《天涯明月刀》中，傅红雪总在关键时刻放过追杀他的人等。我听了深以为然。我读书，还是看情节多，看技巧多，就文字中体现的作家思想，体会不多，或者说体会不到。实际也就是理论方面的书读得少了。

2024.11.12.

"食客"姜夔

姜夔（1155？—1230？）是位真正的艺术家。他字尧章，别号白石道人。清人冯煦《蒿庵论词》中，评论说"白石为南渡一人，千秋论定，无俟扬榷"。宋元之际的张炎认为姜词风格"清空""骚雅"，已为定评。有词传世，八十四首。

另外，姜夔还是有宋一代著名音乐家、演奏家，通晓音律，擅长箫笛，尤精古琴，能配合词作，自创曲谱，《白石道人歌曲》所载十七首工尺谱，是至今传世的唯一词调曲谱。《宋史·乐志》将其载名史册。他的书法造诣极高，法宗二王[①]，力追魏晋；诗歌风格高秀，有《白石诗集》传世，计一百八十余首。南宋诗人杨万里在《进退格寄张功甫姜尧章》一诗中，说："尤萧范陆[②]四诗翁，此后谁当第一功。新拜南湖[③]为上将，更推白石作先锋。"可见对他的推崇。

偶然的，我读到关于他生平的一些文字，对他的生活状况及当时的士人风尚产生了极大的好奇：姜夔一生不曾仕宦，过的大多是"食客"的生活。他的主人，在湖南、湖州，是萧德藻；往来苏州时，是范成大；寓居杭州时，是张鉴兄弟，另外还有如辛弃疾、朱熹等。这些名公巨卿，都与他折节相交。而他与这些权贵和公子们缔交，虽是依附豪强，但并不完全是趋炎附势，更多的则彼此仰慕，这使他仍然保持着高雅萧闲的品行。

下面，我略述他与几位供养他的主人交往的生活片段。让我们了解姜夔的为人，和当时的士人风貌。

一、姜夔与萧德藻

扬州慢

淳熙丙申至日，余过维扬。夜雪初霁，荠麦弥望。入其城，则四顾萧条，寒水自碧，暮色渐起，戍角悲吟。余怀怆然，感慨今昔，因自度此曲。千岩老人以为有《黍离》之悲也。

淮左名都，竹西佳处，解鞍少驻初程。过春风十里，尽荠麦青青。自胡马窥江去后，废池乔木，犹厌言兵。渐黄昏、清角吹寒，都在空城。

杜郎俊赏，算而今、重到须惊。纵豆蔻词工，青楼梦好，难赋深情。二十四桥仍在，波心荡、冷月无声。念桥边红药，年年知为谁生？

《扬州慢》是姜夔的名作。词作上片写景，下片抒怀，表达了"黍离之悲④"的感慨。小序中的"千岩老人"即萧德藻，他是南宋著名诗人，宋绍兴二十一年（1151）进士，与杨万里是诗友。曾任福建安抚司参议。著有《千岩择稿》七卷，杨万里作序，惜未传世。明代张羽在《白石道人传》中有这样的记载：

"夔始在沔时，福州萧德藻过沔。初，夔之父噩⑤与萧同进士，宰沔，夔有姊嫁于沔之山阳，夔父卒于官，夔遂依姊氏以居。时以故人子谒萧，萧奇其诗，以为四十年作诗始得一敌，以兄子妻夔。明年，萧归湖州，夔因相依过苕溪。"

这段文字讲了三方面的内容：一是白石与萧德藻的相识；二是萧德藻对白石的赏识；三是白石的娶妻与依倚萧德藻。

与萧德藻的相识，是白石人生重要的转折。由于萧德藻是当时著名的诗人，往来的大多是当时一流文士，酬酢之间，当然惠及白石。因萧德藻的介绍，白石往谒杨万里，万里许其文无不工，甚似陆龟蒙⑥，又以其诗呈大诗人范成大。而与这些人的交游，对于白石的影响是巨大的。

　　据载，让萧德藻赏识的，是《姑苏怀古》一诗。

　　"夜暗归云绕柁牙，江涵星影鹭眠沙。行人怅望苏台柳，曾与吴王扫落花。"

　　后两句诗，曾传唱一时，它既抒发了兴亡盛衰的感慨，又写得幽雅生动，诗意浓郁，深得萧德藻、杨万里等人的赞赏。而后，才有以诗为媒的佳话，白石娶了萧德藻的侄女为妻。当时，白石已三十二岁。——而之前，他寄居在姐姐家，已有十七八年之久。

　　这里，有一个问题，即《扬州慢》是白石二十二岁时的作品，而他与萧德藻相识，约在十年后的淳熙十三年（1186），那怎么会有小序的"千岩老人以为有《黍离》之悲也"一句呢？实际上，小序末句是白石后来加上去的，白石的词序多有类似的情况。如《满江红》《翠楼吟》等。

　　白石依萧德藻，居浙江湖州约有十年，并学诗于萧。后，萧德藻因贫病随子离开湖州，白石遂失去了依靠，不得已，于宋庆元三年（1197）移居浙江杭州，投靠他的朋友张鉴。

二、姜夔与范成大

暗香

辛亥之冬，予载雪诣石湖。止既月，授简索句，且征新声，作此两曲。石湖把玩不已，使工伎隶习之，音节谐婉，乃名之曰《暗香》《疏影》。

旧时月色，算几番照我，梅边吹笛？唤起玉人，不管清寒与攀摘。何逊而今渐老，都忘却春风词笔。但怪得竹外疏花，香冷入瑶席。　　江国，正寂寂。叹寄与路遥，夜雪初积。翠尊易泣，红萼无言耿相忆。长记曾携手处，千树压、西湖寒碧。又片片、吹尽也，几时见得？

疏影

苔枝缀玉，有翠禽小小，枝上同宿。客里相逢，篱角黄昏，无言自倚修竹。昭君不惯胡沙远，但暗忆、江南江北；想佩环、月夜归来，化作此花幽独。　　犹记深宫旧事，那人正睡里，飞近蛾绿。莫似春风，不管盈盈，早与安排金屋。还教一片随波去，又却怨、玉龙哀曲。等恁时，重觅幽香，已入小窗横幅。

这是白石的两首著名词作。宋代词人张炎评价它："前无古人，后无来者，自立新意，真为绝唱。"并说："不惟清空，又且骚雅，读之使人神观飞越。"而近人吴世昌观点不同，他在《词林新话》中说：两词系"游戏之作耳。虽艺术性强，实无甚深意。乍看似新颖可喜，细按则勉强做作，不耐咬嚼"。并说："而历来论客多盛誉之，真不可解也。"

小序中的"石湖"，即范成大（1126—1193），他官至参知政事。石湖是他故里，在苏州西南。晚年，他退居后，曾面湖筑亭，宋孝宗赵昚书"石湖"两字赐之，因自号石湖居士。白石的《次石湖书扇韵》一诗，为我们描绘了一幅静雅清幽的石湖图："桥西一曲水通村，岸阁浮萍绿有痕。家住石湖人不到，藕花多处别开门。"

白石与石湖的相识，源于杨万里的介绍，两人均长白石三十余岁。杨万里在诗《送姜夔尧章谒石湖先生》的末两句，这样写道："翻然却买松江艇，径去苏州参石湖。"1187年春，白石前往苏州，谒见成大，两人结成忘年之交。石湖以为白石的翰墨人品皆似晋、宋之雅士。《暗香》《疏影》即两人翰墨之交的记录。关于这两首词，还有一段逸事：据元代陆友仁《研北杂志》载："小红，顺阳公青衣也，有色艺。顺阳公之请老，姜尧章诣之。一日，受简徵新声，尧章制《暗香》《疏影》两曲，公使工妓肄习之，音节清婉。姜尧章归吴兴，公寻以小红赠之。其夕大雪，过垂虹，赋诗曰：'自琢新词韵最娇，小红低唱我吹箫。曲终过尽松陵路，回首烟波十四桥。'尧章每喜自度曲，吹洞箫，小红辄和之。尧章后以疾殁，故苏石挽之云：'所幸小红方嫁了，不然啼损马塍花。'"

白石得小红在1191年，而于1221年病死于杭州，前后近三十年，所以，小红出嫁时，已约四十岁的年龄。此时离开白石，可见，白石病死前，已是穷困不堪了。

在白石留存下来的八十四首词中，咏梅词有十八首。而石湖也是爱梅的，在《梅谱》自序中，他说："余于石湖玉雪坡既有梅数百本，比年又于舍南买王氏僦舍七十楹，尽拆除之，治为范村，以其地三分之一与梅。"又自制《玉梅令》，虚曲以待。也在那"辛亥之冬"，以授白石填词。白石在小序里写道："石湖家自制此声，未有语实之，命予作。石湖宅南，隔河有圃曰范村，梅开雪落，竹院深静，而石湖畏寒不出，故戏及之。"可见，两人在爱梅惜梅上，也是相同的。

白石的诗词中，关于石湖的作品还有诗《除夜自石湖归苕溪十首》《石湖仙》《悼石湖三首》，词作《石湖寿》等。前者写于访石湖，除夕乘舟归苕溪途中；二篇，则是歌颂范曾出使金国，不辱使命；三是悼亡之作；末篇是为石湖贺寿而作。

由两人的交往，可见当时士大夫风俗之美，即：前辈奖掖后进，不以名位自高，交相尊让。

三、姜夔和张鉴兄弟

阮郎归

旌阳宫殿昔徘徊。一坛云叶垂。与君闲看壁间题。夜凉笙鹤期。茅店酒，寿君时。老枫临路歧。年年强健得追随。名山游遍归。

该词，白石写有两首，这是第二首。前一首小序中，写有："为张平甫寿，是日同宿湖西定香寺。"可知，这是首贺寿之作，白石愿"追随""名山游遍归"的朋友，即张鉴，字平甫，南宋大将张俊之孙，曾任州推官。近人陈思的《白石道人年谱》记载，宋庆元二年（1196），白石"移家行都依张鉴，居近冬青门"。此后，他与白石相处十年，情义深厚。《姜尧章自叙》中说：

"嗟乎！四海之内，知己者不为少矣，而未有能振之于窭困无聊之地者。旧所依倚，惟有张兄平甫，其人甚贤。十年相处，情甚骨肉。而某亦竭诚尽力，忧乐关念。平甫念其困踬场屋，至欲输资以拜爵，某辞谢不愿，又欲割锡山之膏腴以养其山林无用之身。惜乎平甫下世，今惘惘然若有所失。人生百年有几，宾主如某与平甫者复有几，抚事感慨，不能为怀。平甫既殁，稚子甚幼，入其门则必为之凄然，终日独坐，逡巡而归。思欲舍去，则念平甫垂绝之言，何忍言去！留而不去，则既无主人矣！其能久乎？"

文中记载，平甫甚至提出要为白石捐钱买官和割送良田。不过，这些美意均被清高自爱的白石推辞了。

张鉴的异母兄弟张镃，即杨万里诗句中的"新拜南湖为上将"之南湖。《齐东野语》称其"园池声妓服玩之丽甲天下"。白石的词作《齐天乐》，记载了他们的翰墨之交。

> 丙辰岁，与张功父会饮张达可之堂。闻屋壁间蟋蟀有声，功父约予同赋，以授歌者。功父先成，辞甚美。予徘徊茉莉花间，仰见秋月，顿起幽思，寻亦得此。蟋蟀，中都呼为促织，善斗。好事者或以二三十万钱致一枚，镂象齿为楼观以贮之。

> 庚郎先自吟愁赋，凄凄更闻私语。露湿铜铺，苔侵石井，都是曾听伊处。哀音似诉，正思妇无眠，起寻机杼。曲曲屏山，夜凉独自甚情绪？ 西窗又吹夜雨，为谁频断续，相和砧杵？候馆迎秋，离宫吊月，别有伤心无数。豳诗漫舆，笑篱落呼灯，世间儿女。写入琴丝，一声声更苦！

这是白石著名的咏物词。作于宋庆元二年（1196）。小序交代咏蟋蟀的缘由，写得兴味盎然。且张镃有词在先，白石要想各擅胜场，须另辟蹊径。词作通过蟋蟀的鸣声，联想到"思妇无眠"，接着又描绘了西窗暗雨中，蟋蟀的鸣声、思妇的捣衣、砧杵之声，互相应和，表现了无法言传的苦楚。

白石的词作，还有与张氏兄弟游乐、生活的记载。如《莺声绕红楼》《鹧鸪天》《少年游》《喜迁莺慢》等。前两首，是记与张鉴同游西湖及南昌山；第三首，是朋友间的游戏之作。主题有两说：一指"此戏张鉴纳妾"；一指戏张鉴送妾归省。末一首，是贺张镃桂隐园新第落成的应酬之作。

《齐东野语》载有《姜尧章自叙》，应该是关于他寄食生活的第一手资料了：

"某早孤不振，幸不坠先人之绪业。少日奔走，凡世之所谓名公巨儒，皆尝受其知矣。内翰梁公于某为乡曲，爱其诗似唐人，谓长短句妙天下。枢使郑公爱其文，使坐上为之，因击节称赏。参政范公以为翰墨人品，皆似晋、宋之雅士。待制杨公以为于文无所不工，甚似陆天随，于是为忘年友。复州萧公，世所谓千岩先生者也，以为四十年作诗，始得此友。待制朱公既爱其文，又爱其深于礼乐。丞相京公不特称其礼乐之书，又爱其骈俪之文。丞相谢公爱其乐书，使次子来谒焉。稼轩辛公，深服其长短句如二卿。孙公从之，胡氏应期，江陵杨公，南州张公，金陵吴公，及吴德夫、项平甫、徐子渊、曾幼度、商翚仲、王晦叔、易彦章之徒，皆当世俊士，不可悉数，或爱其人，或爱其诗，或爱其文，或爱其字，或折节交之。若东州之士，则楼公大防、叶公正则，则尤所赏激者……"

这样的人生，让我充满了好奇与神往。

他一生怀才不遇，依靠文字和他人的周济为生，但他性格洒脱，人品高洁，生平好客、好学、好藏书、好游览。南宋诗人陈郁在《藏一话腴》中说："白石道人姜尧章，气貌若不胜衣，而笔力足以扛百斛之鼎；家无立锥，而一饭未尝无食客。图史翰墨之藏，充栋汗牛，襟期洒落，如晋宋间人，意到语工，不期于高远而自高远。"

在长期仰仗资助的张鉴亡故后，他生计日拙，晚年遇临安大火，住所被焚毁，不免颠沛流离，后病逝于临安，竟无以为殓，在友人吴潜（曾官至参知政事）的资助下，才得以安葬于杭州钱塘门外西马塍。

姜夔一生不善生计。终生布衣，宋庆元五年（1199）曾上《圣宋铙歌鼓吹曲》十二章，破格获进士科考试资格，未中。此后，依旧以江湖诗人的身份，过着完全依赖于他人的食客生活，度过了他的一生。

注：

①二王：东晋书法家王羲之和王献之父子之并称。

②尤萧范陆：即尤袤、萧德藻、范成大、陆游四位诗人。

③南湖：即张功父，名镃，张鉴的异母兄弟，南宋诗人，他也是白石衣食依倚的对象。

④黍离之悲：指故国残破、都邑荒凉的悲思。典出《诗经·王风》之《黍离》篇首句"彼黍离离"。该篇写东周一位诗人路经被犬戎焚掠的西周故都，看到旧城荒废，宫殿遗址长满野麦，深感悲伤。

⑤噩：白石之父，名噩。进士出身，曾任湖北汉阳知县。

⑥陆龟蒙：唐代诗人（？—约881），自号天随子，白石对他非常推崇。

参考书目：

1.《中国诗史》，陆侃如、冯沅君著，作家出版社1957年版

2.《姜夔资料汇编》，贾文昭编，中华书局2011年12月版

3.《姜白石词笺注》，陈书良笺注，中华书局2011年3月版

4.《白石道人诗集》，姜夔著，上海书店 1987 年 3 月版

5.《齐东野语》，周密著，北京燕山出版社 1998 年 10 月版

附言

依旧是对人的兴趣。

不知从哪本书上读到姜夔的生平，有那么一两年，我对他的经历及诗词充满好奇。实在也因"传"的资料不多（有兴趣可参看近人夏承焘的《白石辑传》），他的食客身份，以及南宋士人阶层的风尚，让我有想了解更多的想法。

稍读了几本书，希望把这方面的资料做一整理，于是，就有了这篇文字，它当然不是什么论文，不会有什么新的见解，只是资料的堆砌。

一次，与友人肖蠡谈论起姜夔的身份，颇有启发：姜夔的江湖清客身份，既不同于春秋战国时期的士，当时国君、权臣通过养士，或抬高政治声誉，壮大政治力量，或利用士为自己效力，如孟尝君之冯谖，燕太子丹之荆轲。又不同于《红楼梦》中贾政的清客、《金瓶梅》中的帮闲应伯爵等，前者如单聘仁、詹光等，看名字就知道是靠骗人、沾光来混日子的人；后者是低头哈腰、陪吃陪喝讨主子欢心的一类人。而姜夔则是以自己的才情，赢得当时几乎整个士大夫阶层的肯定，并倾心相交，甚至拿出钱财来供养他和他的一家。这样的主宾关系，是没有太多的功利在其中的，更多的是彼此的敬重——人是可以这样相处的。

当然，他也有马屁之作，只是他的马屁功夫更艺术，如前文的《暗香》《疏影》，或许真无深意，姜夔只是在玩，玩词，玩音乐，以

此取悦范成大，投其所好，后人如何能解？又如他在《永遇乐·次稼轩北固楼词韵》中，吹捧辛弃疾，说"前身诸葛，来游此地，数语便酬三顾"。辛当然受用，而实际两人才能、功业并无可比性。但此种情况下，也只能做如此语，这对"少小知名翰墨场"（语出《除夜自石湖归苕溪·其九》）的姜夔而言，有的，大概只是凄凉。

我觉得，他的不善生计似孔乙己，但他长得讨人喜欢，且才华横溢，大约只能说，姜夔是天生的食客材料。

虽然不解《暗香》《疏影》的深意，但我喜欢这两首词，曾托师兄、画家张新国先生及教育界前辈黄玉峰先生，作《暗香》扇面、《暗香》《疏影》横幅各一，表达对这位大艺术家的喜爱，也作为这段读书经历的纪念。

他们

我幼年即好读书，常为书中内容吸引，偶尔也有废寝忘食之举。稍长，如司马迁所言"读孔氏书，想见其为人"，而余生也晚，那些仰慕的人物，大都已故去。于是，我常读些人物传记，希望了解他们是怎样一些人，这样的阅读过程，给我的常常是震撼，之后，便是一种茫然若失的感觉。

对于他们，任何赞颂之词，都是空洞而毫无意义的，还是让我来转述一些他们的事吧！

1937年暮春，弘一法师去青岛讲佛，住湛江寺半年，黄昏时，法师常于寺外走动，见有人对面走来，他总是疾步走避，以免来人向他恭敬礼拜；若他突然慢下来，那一定是前面有老人在走路，他绝不肯走到前面去，怕老人会胡想：老了，不中用了，走路不如人了。

法师住学生丰子恺家，子恺请他坐藤椅，每次坐下前，法师都要提起椅子轻轻摇晃，然后再慢慢坐下。子恺起先不敢问，见他每次都如此，还是忍不住问了，法师说："这椅子里头，两根藤之间，也许有小虫伏着。突然坐下去，要把它们压死，所以先摇动一下，慢慢地坐下去，好让它们走避。"

在《红楼梦》研究中，蔡元培与胡适分属索隐派和考证派。1921年胡适发表《红楼梦考证》，文章称蔡元培的《石头记索隐》

为"附会的红学"，谓之"走错了道路"，谓之"大笨伯""笨迷"，谓之"很牵强"。1922年，蔡元培为《石头记索隐》第六版做了一篇自序，文中称，对胡适的说法"殊不敢承认"，并阐明理由，但仅此而已。时，蔡元培为北大校长，胡适为北大教授。同年，三十一岁的胡适被推举为北大教务长。

蔡元培为人平和敦厚，蔼然使人如坐春风。宴饮时，不论男女老幼向他敬酒，他必举杯；敬他香烟，不论烟之好坏，他都接受；凡青年要求介绍工作，他有求必应，且从不假手于人。

晚年胡适居台北，一卖麻饼小贩袁瓞写信请教他有关英美政治制度的问题。胡适回信作了解答，并写道："我们这个国家里，有一个卖饼的，每天背着铅皮桶在街上叫卖芝麻饼，风雨无阻，烈日更不放在心上，但他还肯忙里偷闲，关心国家大计，关心英美的政治制度，盼望国家能走上长治久安之路——单只这一件奇事，已够使我乐观，使我高兴了。"后几日，胡适又邀袁瓞至"中央研究院"，袁瓞赠麻饼十只，胡适当即尝食。谈论了世局、哲学后，胡适与他忆起了儿时生活，谈及鼻孔生长一小瘤。袁瓞告胡，自己鼻孔里也生一瘤，而诊费太贵，诊治不起，胡闻言，即作书一封与台大医院院长，称"这是我的好朋友袁瓞，一切费用由我承担"。

1935年冬，胡适的学生包仲修至北平，约见他，胡适电话中约以第二天上午七点见面，包仲修误听为下午，至时前往，门役告以胡适不在家，正欲离去，门外汽笛已响。见面后，胡适笑问："上午我等你，为什么不来？"包仲修说："误听以为下午。"胡适笑道："我也怀疑你误听，故特地赶来。"当时，胡适的朋友丁文江在湖南中毒，他派学生傅斯年前往侍疾，自己则和在北平的朋友，与协和医院的医生会聚在一起，商讨医疗之法。

1950 年 12 月 19 日，傅斯年去世前一晚，他正伏案写作，妻子劝他早些休息，因为明天还要参加两个会议。他说，他正在为董作宾的《大陆杂志》赶写文章，想急于拿到稿费。冬天寒冷，他的腿怕冷，仅有的西装裤太薄，不足以御寒。他对妻子俞大彩说：“你不对我哭穷，我也深知你的困苦，稿费到手后，你快去买几尺粗布，一捆棉花，为我缝一条棉裤。”第二天，傅斯年突发脑溢血去世。数日后，董作宾将稿费送到傅家，此时，他已不需要御寒的棉裤了。

傅斯年，字孟真，著名历史学家、教育家。曾任中山大学、北京大学教授，北大代理校长（1945—1946）、台湾大学校长（1949—1950），任中央研究院历史语言所所长二十三年，培养了大批历史、语言、考古等人才，前后十五次组织发掘殷墟甲骨，推动了中国考古学的发展和商代历史的研究。著有《傅孟真先生集》六册。

傅雷说：“鄙人对自己译文从未满意……传神云云，谈何容易！年岁经验愈增，对原作体会愈深，而传神愈感不足。”“文字总难一劳永逸，完美无疵，当时自认为满意者，事后仍会发现不妥。”1949 年前，他译过《托尔斯泰传》，可是后来不愿再版，他说：“我看过几部托尔斯泰的作品呢？我不该这样轻率从事。”一部《高老头》，他分别于 1946 年、1951 年、1963 年重译了三次；百万字的《约翰·克利斯朵夫》，他从 1936 年开译，至 1939 年译毕，历时三年。五十年代初，他又花两年时间重译了罗曼·罗兰的这部名著。

　　我这篇短文中的"他们"，可能范围小了些，或许，我对他们更熟悉、更偏爱一些。但其实"他们"分布在古今中外所从事的各个领域。"他们"的品质中，概括地说，就是"心里有他人，爱他人"，也就是孔子说的"仁"。荀子说，"学莫便乎近其人"。我无缘结识这些大德俊彦，唯有通过书本来亲近他们。

　　"见贤思齐"是人之常情，如司马迁所言："《诗》有之：'高山仰止，景行行止。'虽不能至，然心向往之。"我也忐忑地怀着这样的心呢！

2021 年 7 月 20 日发表于《松江报》副刊

我与《随想录》

第一次读到巴金的《随想录》，是在我高中毕业的时候。高考之后，闲来无事，常到一位住得近的同学家玩，同学的父亲是社科院的翻译，我从他家那个堆放得有些凌乱的书橱里，看到了巴金的《随想录》。书分五册，封面上印有金色的巴金先生手写签名，封底有他头像的素描和一段简介。书的装帧朴素、自然。

那时的我，巴金的书一本也没有读过，但赫赫有名的《家》《寒夜》的作者，还是知道的。拿了第一册，翻了目录，见第一、二篇都是谈电影《望乡》，蓦然想到四五年级时，我小学时的好朋友桑医培的爸爸，不许他到隔壁邻居家看电视里播的这部电影的事，就向同学的爸爸借了两册。

五册书，很快看完了，那天去还书，同学的爸爸笑着问："这书你也喜欢看？"我笑着，应了声。

现在想来，当时读完书，实在也说不出什么，只觉得喜欢，想看。后来年龄稍长，渐渐明白，我爱读它，是因为书中流淌着巴金先生真挚、深厚的情感，它是那样潜移默化地感染着我。书中那篇《怀念萧珊》，每当我读到它时，常会默默地流下泪来。还有，巴金先生在书中倡导的"讲真话"，及在字里行间体现出的真诚和坦率，让我感受到他人格的伟大。而且，随着年龄的增长，这种感受，转而成了对他的景仰。

他有一颗多么崇高的心灵啊！

工作后，逛书店时，看到《随想录》的合订本，便买了下来。

因为合订本厚了些，翻阅起来不方便，以后又买了一套五册的《随想录》。还有一次，经过一个卖旧书的地摊，看到一本八十年代初某大学出版的第一册《随想录》，书里还有一些当代名家的书评，便像宝贝似的买了下来。令人惋惜的是，这册书在一次搬家时遗失了。

很多年前，办公室的同事不知从哪里弄来一张巴金先生的照片，是他侧面的头像，满头白发，戴着眼镜，望着前方。我很喜欢，请那位老师翻印了一张，至今压在我的书桌上。

我不是什么追星族，即便面对像巴金先生这样的伟人。但我不否认，他的精神所给我的感召。我真诚地热爱他，景仰他，想做具有像他那样品格的人。

当我离开原先学校的时候，我与一位相知的老师离别，赠送他的，就是一套《随想录》。

我想：这是本值得一生去读的书。

附言

这是十多年前写的文字了。

2024 年 11 月 25 日，学校附近的巴金图书馆开馆。那天，我走进展馆，刚想上楼看看，工作人员上来劝阻说，十二点钟后才正式开放，我看时间，才十一点半，便在可走动的地方看看，走到放置着一些纪念卡片的桌子前，看到其中一张卡片上，写着这样的一段话：

"我的心里怀着一个愿望，这是没有人知道的：我愿每个人都有住房，每张口都有饱饭，每个心都得到温暖。我想揩干每个人的眼泪，不再让任何人拉掉别人的一根头发。——巴金"

　　我在上面盖了"把心交给读者　巴金"的章，走了出来。大门口的开馆现场，已经有一些人落座，我慢慢地走回了学校。

　　现在，这张卡片就放在了我的书架上……

2024 年 12 月 1 日

火一样的生命

——读《梵高传》

他的生命，如此炙热，像一团火，短短三十七年，带给世界那么多爱；为世界创造了这么多美。阅读他的传记，让我觉得他有着无限的爱，有着超凡的勇气，执着于人生、执着于美的创造——他是个有力量的人！

文森特·梵高（1853—1890），并不像留给世人的印象那样，出生在一个贫穷的家庭里。他的父亲虽然平凡，是荷兰大津德尔特小村庄的牧师，但他的家族有钱有势。大伯是位海军少将，造船厂经理；伯父是海牙富有的艺术品商人，是包括荷兰皇室在内的高端客户的供货画商；叔父在阿姆斯特丹经营着一家有名的艺术品商店；姨父是位牧师，出色的讲道者，出版过好几本书，也是位名人。一般认为，梵高的身后，几乎是整个荷兰。事实上也是如此，他们几乎为梵高创造了最好的条件。

他早先从事的工作，都与家族的帮助有关。1869年，十六岁的梵高来到海牙，在伯父的古比尔艺术品公司为他特设的一个学徒岗位开始第一份工作。这位伯父并无继承人，他把几个侄儿视作财产和职业的继承人，四年后，梵高的弟弟提奥也入了这一行。正是这位弟弟与他结成了超越亲情的终生的伟大友谊：他们相约，互相写信，一直到死。

由于失恋，以及广泛地接触社会后看到周遭穷苦的景象，他想到要为更多的人服务。1869年3月，他辞去了店员工作。短暂从事教师职业后，他来到博里纳日的矿区，担任临时传教士。在矿区，面对一贫如洗的矿工，他狂热地工作，牺牲一切，把他的食物、少得可怜的钱、衣服，都送给了矿区的穷人。自己生活在简陋的棚屋里，不再洗漱，不再系鞋带。教区当局因为流浪汉模样的传教士有损教会形象，以及缺乏讲道的口才等原因，结束了他的传教士工作。于是，梵高决定开始从事绘画创作。时间是1879 年 7 月。

他开始接受提奥每月给他的五十法郎，后来，这笔费用上升到一百五十法郎。提奥告诉他："我打算尽可能帮助你，一直到你能自谋生路了。"的确，这样的支持，持续到梵高生命的结束。

博里纳日的经历，引发了梵高献身艺术的决心，也决定了他的创作方向："我画人物和风景，不是力图表现一种多愁善感，而是表现一种极痛深悲。"他创作出的第一幅杰作《索罗》，就是一位裸体，席地而坐，头埋在两膝之间，披散的黑发垂落在肩上，似乎在哭泣的妇人。这是一个痛苦的形象。之后的素描，他也更多地创作表现劳动人民的社会作品：画劳动妇女、樵夫、工人。但这样的作品是没有销路的。

一次，他的叔父科尔——阿姆斯特丹的画店老板来看望他，被一组城市景观吸引了。他出三十荷兰盾，向他订购一套同类型的城市六景，还对他说，他还要六幅，价格由梵高定。但这些画，梵高始终没有画出来。因为他要为穷人搞穷人的艺术，而穷人是不买艺术品的。当时绘画购买者，是有钱的市民，他们首先寻求色彩，其次，绘画内容要更通俗，内容更温馨欢乐，以便装饰他们的居室，因此，梵高的作品完全丧失了售出的可能性。画商特斯提格无数次地告诉他，应该画销路好的小幅水彩画。但是，梵高并不理会。他其实并不排斥风景画，甚至不排斥制作卖品，但他觉得有能力创造时，就不惜任何代价，不愿融入无个性的绘画中。

可以说，是梵高主动地选择了贫穷，因为爱。他爱那些被他绘画的对象，爱他的绘画艺术。他选择了坚守。

梵高的一生中，钱的问题占据了特殊位置。这是一种持续不断的恐慌，每个月都折磨着他。因为他竭尽全力拒绝了能为自己打开的那条生意之路，开始绘画，就很快变得身无分文：他要付钱给模特，另外摆姿势，还要再加钱。他只能不断地要钱，给弟弟的每封信都以"谢谢，钱收到了"开头，结尾总是请求一笔额外费用。梵高收到多少，就花掉多少，不是付给模特，就是买价钱贵的材料，常常弄得身无分文，要熬上漫长的几星期。为摆脱困境，他严格限制饮食。在博里纳日，他已经学会了几乎不吃什么就能活着，现在，他也这样，用自己身体去冒险。

进入绘画状态的梵高，如同疯子一般，甚至大风天也跑到野外，迎着风，跪在那里画画，眼前景物，随着不断高涨的激情，与蓝天、疾风融入了画中。画完《朗格卢瓦吊桥》之后，他投入了果园系列的绘画，他说："我沉浸在工作的发狂状态，只因果园花枝繁茂，而我要画一座欢天喜地的普罗旺斯果园……刮风天我也必须出去绘画的日子，有时我不得不将画布铺在地上，跪着作画……"

"艺术家"一词，在梵高这里意味着：总在探索，永远也不满足的人。的确，在梵高并不漫长的绘画生涯中，他总是不断地在行走：从海牙，到德伦特地区，到安特卫普，到巴黎，到阿尔勒……每到一地，他拼命地学习，不停地绘画，直到他觉得，在任何人那里再也学不到什么了，便毫不停留，又奔向新的目标。

对于绘画，梵高是位自学者，他只以伦勃朗、哈尔斯、米勒、德拉克鲁瓦为师，与这些大师对话，当然比一般的上课收获更大，虽然花的时间更长，吃的苦头更多，但收获不可估量地丰富。他阅读论述德拉克鲁瓦的著作，研究色比规律："这是首要的，也是重要的一个问题。"他要"弄明白人们觉得美的东西为什么觉得美"。他感叹道："我满脑子塞满了色比规律，如果我们年少时就教会我们，那该有多好啊！"在前往阿姆斯特丹学习了色比规律后，他觉得，"现在，我的调色板正在解冻。初始阶段的那种贫乏已经离去。"

就这样，梵高的绘画在很多年里还是被大部分人看低，但他经受了难以忍受的高度紧张，创造出了大量留给后世的作品，他是个极其坚强的人。

直到 1890 年 1 月，二十五岁的阿尔凡·欧里埃撰写了一篇关于梵高艺术的文章，发表在《法兰西信使》上；十八日，在布鲁塞尔开幕的"二十画社美术展览会"上，梵高作品的发现，成了轰动事件。他的《红色葡萄园》被画家安娜·博克以四百法郎买下。这是梵高生前头一单重要生意。功成名就的大艺术家克洛德·莫奈称，梵高参展的绘画，是美术展中最出色的作品——他似乎看到了成功的曙光。

但是，这年的 7 月 27 日，悲剧还是发生了。梵高朝左胸开了一枪。两天后，29 日凌晨一点半，梵高去世。

梵高的死，并非一般认为的精神疾病所致。虽然他曾患有此类疾病，但此时，他的身体、精神状态都很好。

最主要的原因，是因为提奥结婚、生子后，既要供养家庭、母亲，还要供养他。此时，他的职业地位又受到威胁，提奥想冒冒风险，自己开店，苦于没有资金。他把忧心和惶恐，在一封信里告诉了梵高。刚刚享受到些许成功的梵高，又重重地跌落到了地面。他感到自己成了多余人，给提奥家庭带来了巨大负担。

"不要哭嘛，我这样做是为了大家好。"自杀后，见到弟弟的梵高这样说。

"我就愿意这样死去。"临死前，头枕在弟弟胳膊上，梵高说道。

他的死，也是源于爱。

正如梵高朋友说的："他看到了爱的大光明。"

现在的梵高，被人们赞誉为书信体作家、素描画家、油画家，而在成为一位伟大艺术家的道路上，他一切力量的源泉，只有爱！他爱世人，即便是陌生人、穷苦人，为着爱，他奉献了自己的一切。他是以燃烧自己的生命，绽放出炙热的光芒，而成为永恒的！

我以为，这是任何一位伟人所拥有的品德：爱，不囿于小我；这也是任何一位伟人前进的动力：爱，献给更多的人——如托尔斯泰，如茨威格，也如伟大的梵高。他们如火一般，炽热了我们的心，照亮了人类前行的道路。

我辈生来平凡，碌碌无为，但，我愿像他那样生活，成为像他那样的人！

参考书目：

《梵高传》，（法）大卫·阿兹奥著，李玉民译，人民文学出版社2011年版

《凡·高》,（德）英戈·沃尔特编,（德）瑞纳·梅茨格著,赵宏伟、姚姗姗译,北京美术摄影出版社 2018 年 6 月版

《西方现代派美术》,鲍诗度著,中国青年出版社 1993 年 1 月版

《简明西方美术史》,（美）房龙著,常志刚译,九州出版社 2002 年 2 月版

我怎么会去写梵高

——与朋友的问答

近来，写了几篇关于梵高的文字，一日，与朋友闲聊，他忽然讲起了这个话题。

朋友问："以前常读的，是你的小说、散文，怎么突然写起画家与画来了？"

我道："只是你还不了解我罢了，我小时候就喜欢画画，初中时，常用中午回家吃饭的时间，听十二点半的《小说连播》节目，并画画打发时间，高中时也常画些中国画，只是从来没有学过——我们那个年代，孩子的爱好是很容易被消磨的。"

"那你现在还能画吗？"

"当然不能！"我笑道，"写梵高真正的缘起，我有些忘记了，但首先是我对于人的兴趣，对于梵高这个人的好奇！这和写小说有点类似，你写某个人或某件事，并不是真正了解这个人，或明晰了这件事的真相，而是希望通过文字，去达成对人或事的了解，当然，这并非一定有结果的——没有结果，本身也是一种结果。"

"那你了解梵高了吗？"

"可能吗？——沈从文的妻子张兆和，在他去世七年后，说：'我不理解他……真正懂得他的为人，……是在整理他遗稿的现在。'沈从文与张兆和 1927 年相识，恋爱六年，1933 年结婚，直至沈从文 1988 年去世，漫长的相处，她尚且那么说，难道我读了几本传记与画册，就敢说了解了梵高吗？"

"那你了解了什么？"

"我了解了梵高是个大天才，他十一年的绘画经历，达到了别人五十年、八十年也未必达到的高度；我了解了一切天才的成就，无不源于忘我的努力，梵高绘画的刻苦，是达到可以为画画放弃生命的程度的；我了解一切成就的取得，是在于一份坚持，即便是看不到希望，也只知道坚持；我还了解到了关于梵高很多永远不为人知的真相。比如梵高的死因，多种解释，莫衷一是，但是就像我前面说的，没有结果的本身就是一种结果。"

"真是一个了不起的人啊！"

"更让我感动的是，在他身上蕴藏着对这世界无尽的爱！他穷困潦倒，却还在尽力去帮助别人，贫穷的矿工、像他一样潦倒的无名画家……我记得哪本书中，曾读到过这样一个片段，他在街头看到一个穷困的妓女，就拿出自己身上仅有的五法郎，塞给那妇人，然后飞也似的逃走了——画家描绘他眼前的景象，往往是因为美，而梵高的画，更多的是表达他的爱。你看他自以为最好的作品《吃马铃薯的人》《哭泣的女人》等作品，无不表达了他对世人深切的爱。读他的传记，我常想的是，他哪里来的那么多的爱！对世人的爱、对绘画的爱！"

"或许正是这样的爱，给予他前进的力量吧！"

"可能吧！"我说，"每个人都爱美——美的人、美的事物，都有一种欣赏的愉悦，对于梵高的画，我相信每个人也同样会有兴趣，但是我看不懂他的画，有时他画一双鞋子，画一把放了一支烟斗的椅子，还有，画一个正在吸烟的骷髅，到底想表达什么？即便是他著名的《向日葵》，他为什么那么爱画向日葵，厚重黄色的运用，表达了什么？等等等等，都是我全然不知道的。"

"现在呢？"

"也不过是皮毛，聊胜于无！"我笑道。

"你很好学，知道得真多啊！"

"我好学吗？在我这个年龄知道得多吗？从努力的角度来说，实在不及梵高万分之一，这点自知之明，我还是有的。如果说我有什么的话，在这个年龄，我依然还有着好奇心，除此之外，大概实在没有什么可称道的。"

"那读过了，了解了，为什么你要去写这些文字呢？"朋友依旧不解。

"这就是人生的悲哀，谁都有过目不忘的年纪，初中时读《说唐》，看完全书，十八条好汉的排名就记住了。而我现在呢，今天看过的内容，明天就忘记了，甚至根本不记得是哪本书上看到过的！悲哀哟！"我笑道，"用写下来的方法，整理自己所读到的文字，这就是写这些文字的真正原因！"

"我晓得了，我本来还想，你知道得真多啊，现在知道，其实这些都是抄来的！"

我俩哈哈大笑。

"之前我还写过姜夔、李煜等人，都是这个原因，现在晓得我的无知了吧！"我俩又大笑起来，"记得1987年莎士比亚全集的译者、散文集《雅舍小品》的作者、文学大家梁实秋去世，台湾掀起了一场造神运动，称他为'文坛巨匠'。但有声音表达了这样的观点：梁实秋的创造力不够，作品仅限于译作与散文，言下之意，小说、戏剧等才是作家才力的体现。我身边也有些写我这样文字的人，常以此炫耀，我一个也不佩服。理由很简单：既无才力，也无创见。"

我俩又大笑。

2021.5.14.

无情最是帝王家

"无情最是帝王家"。暑假闲来读史，感慨最深的就是这句话。

纵观中国历史，各政治集团为争权夺利，上演腥风血雨的场面，即便他们的后代，也常常为之哀叹。《晋书·宣帝纪》记述了这样一件事：明帝司马绍问起前代得天下的原因，司徒王导讲到司马懿创业，以及司马昭诛杀高贵乡公等事，明帝听了，低首伏于床几，说："如果像你所说的那样，晋国的统治怎么会长久呢！"——此刻，他想到的不是祖宗创业的艰难，而是深以用这样的方式开创基业为耻。

司马懿罔顾文帝曹丕、明帝曹叡两代帝王之托，于政治对手曹氏宗族的曹爽，以欺骗方式，夺取了权力，随后，大开杀戒，对他及其党羽都杀灭三族，不分男女，无长无少，姑姊妹已嫁人者，也一概诛杀。其他反抗势力，如太尉王凌、中书令李丰、外戚张缉、大名士夏侯玄等，皆夷三族。在代魏的过程中，两个儿子司马师、司马昭，与司马懿手段之阴险，杀人之如麻，如出一辙。

对于外姓是如此，对于同宗的政治对手，司马氏家族同样毫不留情。

从公元291年晋惠帝司马衷的皇后贾南风，杀大权独揽的太傅、大都督杨俊开始，到公元306年惠帝中毒而死，十六年间，司马氏统治集团内部，相互残杀，流血漂杵，酿成了著名的"八王之乱"。

中国之历朝历代，无不是以杀戮夺取政权，以杀戮巩固政权。

功臣可杀，如汉高祖刘邦、吕后，明太祖朱元璋；兄弟父子可杀，如隋炀帝杨广弑父文帝杨坚，宋太宗赵光义弑兄太祖赵匡胤，唐太宗李世民连杀太子李建成、齐王李元吉，篡汉的王莽逼杀儿子王宇，隋文帝杨坚连自己九岁的外孙、逊位的周静帝宇文阐也杀；权臣倾轧可杀，如汉初军功集团陈平等对诸吕的诛杀，东汉末年两次党锢之祸、对陈蕃等大臣名士的杀戮。林林总总，举不胜举，且这样的诛杀，无不是以斩尽杀绝为目的，以血流成河为结果的。其惨烈，是连杀戮者本身也为之忧惧的。

后赵武帝石虎立次子河间公石宣为太子，却喜欢四子石韬。兄弟争权，石宣杀死石韬，石虎让人用铁环穿透石宣下巴，并上锁，逼他像猪狗一样在木槽里吃食。第二天，石虎命人在邺城之北，堆上柴草，上架横杆，挂一轱辘。由石韬的太监郝稚、刘霸拽着石宣的头发，拉到柴堆，砍断他手足，挖出眼睛，剖开肚子，再把他绞上杆顶，点着柴堆。这时，石虎却在宫中中台，观看这冲天烈焰，随观的有上千人。再杀石宣妻、子等九人，官员三百人，太监五十人。

石宣有个儿子，还在怀抱中，石虎很喜欢他。临刑前，小孩不懂事，见到石虎，就扑在爷爷怀里。石虎想赦免他，大臣们不同意，从他怀中把孩子抱走，孩子扯住石虎衣带，竟将衣带扯断。石虎忧惧得病，八个月后，死去。时为公元三四九年四月二十三日。

又过了九个月，公元三五〇年二月，石虎之养孙石闵，"并杀赵主二十八孙，尽灭石氏"（《资治通鉴》）。赵亡。

这样残杀的目的，只有一个：争夺权力，要让天下人为一己、一家、一姓驱使。汉初，淮南王英布叛乱，刘邦前去镇压，两军

对垒，刘邦说："何苦而反？"英布直截了当地说："欲为帝耳！"（《史记·黥布列传》）

有人认为，政治斗争无有是非。因为历史不可预设，也不可重演，谁也不能预知掌权的人会做出好的还是坏的政治结果。——我以为，这话是完全错误的。为了一个未知的结果，可以踩着他人成河的鲜血前行吗？即便自喻为拯救苍生的圣人，可以不择手段，通过杀人无数来攫取权力吗？很不幸的是，两千多年来，中华民族正是在这样的状态下，匍匐前行，治少乱多，所谓盛世，少之又少。即便是"文景"时期，还发生了杀人无数的"七国之乱"，遑论虚假繁荣的"康乾盛世"。

南朝刘宋时，前废帝刘子业即位，报复父皇刘骏喜爱的儿子、曾危及他皇位的新安王刘子鸾，命这位年仅九岁的弟弟自尽。子鸾临死前，对左右说："愿身不复生王家！"（《宋书·孝武十四王传》）

多么令人心痛的话啊！

我以为，帝王本非无情，制度如此，面对权力，只能用无情的方式夺取。只是"奈天下苍生何"？

其实，对于古代那些封建帝王，我是全然否定的。不必说秦皇汉武，也不用说弑兄杀弟、逼父退位的"千古一帝"唐太宗，无一不是以杀人无数的血腥手段夺取政权，目的只是让全国百姓为其一家一姓奴役，并且奢望这样的政权能传之万代。结果是，帝王的子孙鲜有保全的，如司马懿的后代，为宋武帝刘裕斩尽，朱元璋的后人大都为明末农民起义军或清政权杀绝……

方法错了，结果永远不会正确。所以，中国历史便在这样的血淋淋的杀戮中轮回——我厌恶这样的过程！

附言

写这类摘抄式的文字，颇为忐忑，但想到周作人的散文，便会有些许的自信。

其实，这样的文字并不好写，各种资料，只依稀记得在某书中，确凿地查找，很费时间。我不信今人的文字，而我史学修养又差，查找正史中的记录，劳心劳力。所以，这篇文字我写得很是费力。

除文中注明的书目，另用到的参考书籍有：

1.《蚀日者——中国古代的权臣》江建忠著，上海古籍出版社1996年8月版

2.《中国史籍精华译丛》，青岛出版社1995年9月版

3.《三国史》马植杰著，人民出版社1997年版

我不敢掠人之美，列于其上。

最后，还想抄录一资料，来说明一下正文中表述的观点。《腥风血雨话宫廷》一书序言中，有这样的统计：从公元前1134年到公元1911年，共3045年，从西周武王到清朝溥仪，共八十四代王朝，882个在位帝，他们平均享年41.7岁。其中288位不得善终，占32.6%，被杀的帝王，有18人未成年，占被杀帝王中的7.4%。

书中还附了《死于非命的历代帝王比例表》《历代被害王子简表》等资料，有兴趣的人，可查阅。

数周前，我于多伦路内山书店，翻到了《腥风血雨话宫廷·死于非命的帝王们》和《腥风血雨话宫廷·死于非命的王子们》两册书。老板殷先生是二十多年的旧相识，长我约二十岁。殷先生厚谊，允我借来翻阅。心存谢意。正文中部分材料，最先在这两册书

中看到，再到正史中去校阅的。

　　该书的主编是韶华、亚方，作者分别是严德荣、吴梦起，是群众出版社 1995 年版。

2018.9.18.

关于《红楼梦》后八十回文字的"迷失"

高鹗所续的《红楼梦》后四十回，在红学史上，总的说来，是批评、否定多，赞赏、肯定少。概括起来，高鹗续作的错误有如下几个重要方面：（一）错误安排了贾府"沐皇恩""复世职""兰桂齐芳"的结局。（二）在某些方面歪曲了贾宝玉及林黛玉的形象。（三）艺术上远较前八十回逊色。周汝昌先生在1980年版的《曹雪芹小传》中提出，程甲本及后四十回续书的刊刻，乃是和珅奉乾隆之命搞的一个大阴谋：

"……乾隆、和珅君臣二人如何注目于《石头记》，定下计策，换日偷天，存形变质，将曹雪芹一生呕心沥血之作从根本上篡改歪曲……"

后四十回真是被"换日偷天"的吗？其实未必，有脂批为证。

庚辰本《脂砚斋重评石头记》二十回，李嬷嬷一段，有朱批云：

"茜雪至狱神庙方呈正文。袭人正文标昌（可能是'目曰'二字误写成'昌'字）'花袭人有始有终'，余只见有一次誊清时与狱神庙慰宝玉等五六稿，被借阅者迷失，叹叹。

丁亥夏畸笏叟"

二十六回，写红玉与佳蕙一段对话时，有段眉批：

"《狱神庙》回有茜雪、红玉一大回文字，惜迷失无稿，叹叹！

丁亥夏畸笏叟"

脂砚斋、畸笏叟等人的脂批价值，是得到公认的，他们当是与雪芹非常熟悉的至亲好友，参与了很多和小说素材有关的事件，也熟悉雪芹的创作情况和小说的总体构思，因此，他们的话应该是可信的。即八十回后的《红楼梦》是有"一大回文字"的，或者说是"五六稿"，是"被借阅者迷失"了。

　　实际上，雪芹在前八十回埋下了许多伏笔，留下了不少关于后部情节的线索，脂批中，如前文所引两段一样，又很多次提及后部情节及章回，甚至文句。据此，可以断定雪芹已基本拟定了整部书的内容，撰成目录，并写出相当数量的后部文字。未完成的或许只是不多的部分章节，及最后的改定工作。

　　那么，我们不禁要问，如此重要的、篇幅不少的后部文字，怎么会轻易"迷失"呢？这实在令人难以置信。所以在清朝即有人推测：后部文字是被人故意删去了。赵之谦在《章安杂说》中说：

　　"世所传《红楼梦》，小说家第一品也，余昔闻涤甫师言，本尚有四十回，至宝玉作看街兵，史湘云再醮与宝玉，方完卷，想为人删去……"

　　其实，前文中周先生的观点，也可归为此一结论之列：认为文字是被人故意删去的。只是周先生的观点过于大胆，而略显离奇，且既缺乏证据，却又言之凿凿，使人颇不可信。

　　我以为，后部文字被人删去，当是事实。而能删去书稿的，当是脂砚斋、畸笏叟一类的，雪芹的至亲好友。原因，是为避祸。

　　下文，我就（一）后部文字的内容，（二）曹家史事，（三）早期《红楼梦》流传的范围等问题的探讨，来推断上述观点。

　　据前八十回的线索及脂砚斋等人的批语，后部文字的大致内容是：发生了被脂批称为"通部书之大过节、大关键"的"贾家之败"，包括"抄没、狱神庙诸事"。经多方面线索确知，"树倒猢狲散"的变故，发生在秋天，抄家后，宝玉和凤姐被囚狱神庙，黛玉因此日夜悲啼，却无能为力，自秋至冬，自冬历春，病势加重，"试看残春花渐落，便知红颜老死时"。还未到第二年的夏天，她就用全部泪水报答了神瑛侍者用甘露灌溉她的恩惠，"泪尽而夭"。宝玉与宝钗成婚，虽也曾举案齐眉，但彼此终究缺乏感情。宝钗曾劝宝玉改邪归正，而宝玉"已不可箴"，他一直怀念着黛玉，爱情的毁灭，家庭的败落，生活又陷入困顿，领悟了人生的无常和虚幻，于是，他弃家为僧。其他人，如元妃之死（脂批点出元妃之死与贾家之败、黛玉之死一样，"乃通部书之大过节、大关键"）；探春远嫁不返；迎春嫁"中山狼"孙绍祖，被"作践"而死；史湘云与卫若兰结为夫妇，婚后生活美满，但好景不长；惜春出家为尼，"缁衣乞食"；妙玉沦落风尘；香菱被夏金桂害死；王熙凤短命而亡，死时有"惨痛之态"；巧姐被刘姥姥搭救，与板儿结为夫妻；袭人嫁给蒋玉菡，曾接济生活处于绝境的宝玉夫妇。全书最后一回为《警幻情榜》，开列了十二钗正、副、再副及三、四副的名单，共六十位女子，并置宝玉于群芳之首。

可见，后部书情节曲折，高潮迭起，描写的如风雨骤至的大变故的发生，必然是惊心动魄的，当与高鹗续书的内容相去甚远。而大变故发生的直接原因，就是贾府的被抄。

在《红楼梦》研究中，胡适是把小说看作曹雪芹的自叙传的，即把小说作为信史，认为书中的一切，都是按照作者自己家庭经历的实情来写的。其问题，在于对小说性质认识的错误。但雪芹在小说创作中，把自己家庭历史及本人身世作为主要创作素材，则是毫无疑问的，脂批中也一再指出了这一点。因此，《红楼梦》中隐含了曹家的史事和雪芹自身生活的痕迹。

雪芹的先世本是汉人，上世从曹世选（一作锡远）在沈阳被俘入旗，沦为满洲包衣。曹家发迹于随摄政王多尔衮征战的雪芹高祖、世选之子曹振彦。振彦长子曹玺担任过顺治帝的侍卫，其妻孙氏是康熙的保姆，与康熙有着特殊的关系。因此曹玺与其子曹寅其孙曹颙、曹頫，在康熙朝，连任江宁织造六十余年，家世赫赫，享受荣华。但福兮祸伏，曹寅广交名士，为人刻书，造园林，养戏班，挥霍靡费，更有对皇上、皇子及王公亲贵无穷无尽的孝敬与应酬，特别是应付康熙"南巡"。康熙"南巡"六次，曹家接驾四次。正如《红楼梦》中赵嬷嬷所说"把银子都花的淌海水似的"。凤姐接着问："只纳罕他家怎么就这么富贵呢？"赵嬷嬷道："告诉奶奶一句话，也不过是拿着皇帝家的银子，往皇帝身上使罢了！谁家有那些钱买这个虚热闹去？"

所以江宁织造虽是肥缺，但仍然入不敷出，不能不侵挪帑银，财务上出现巨大亏空。曹寅死前，曾查出江宁织造衙门历年亏欠九万余两白银，他死后三年，又查出他亏欠织造银两三十七万三千两。康熙晚年为政"以宽仁为尚"，何况是对曹家。但雍正即位后，政局发生重大变化（可能是曹家在立储问题上，支持了雍正的政敌），他一方面严惩与他争夺帝位的胤禩、胤禟等人，还株连了不少大臣，另一方面决心澄清吏治，稽查亏空。雍正元年，查出曹頫亏欠八万五千多银两，遭雍正严厉训斥。五年十一月，山东巡抚塞楞额上疏，参劾曹頫等三处织造人员违例勒索夫马、财务，按例当受惩罚。雍正立即传谕，将曹頫等留京严查。不久便罢了他的职，并于十二月二十四日，查抄了曹頫的家产。

现在还不清楚雪芹的父亲究竟是曹颙还是曹頫，但雪芹生于康熙末年，曹頫罢官、被抄家时，他大约十三四岁。此后，据周汝昌先生考证，曹家在乾隆即位后，又一度中兴，恢复了小康局面的地位，但至乾隆初年，曹家又经历了一场更突然、更巨大的变故，使他家破败得更彻底了。因确凿的史料文献已不可得，所以事件本身已无可考，据周先生推测，以变故的规模，可见其性质之严重，能导致此种严重性质的变故，不外乎还是政治原因——即曹家可能仍与废太子胤礽之子弘皙保持着特殊的关系，而弘皙仍伺机而动，至乾隆四年，弘皙的"谋逆"案便发生了，可能曹家因此受了株连，家道遂彻底败落。

由此可知，《红楼梦》八十回后的抄家等情节，并非没有依据，它是取材于雪芹的现实生活的。

接下来，我要对《红楼梦》早期流传的情况，做一点推测。

与雍正争夺帝位失败的康熙十四子胤禵之孙永忠，在《戊子初稿》中保存了写于1768年的三首《读红楼梦》诗。诗题如下：

"因墨香得观红楼梦小说，吊雪芹三绝句姓曹"

墨香名额尔赫宜，是雪芹好友敦诚、敦敏兄弟的叔父，乾隆的侍卫。诗前另有乾隆堂兄、永忠堂叔瑶华的手批，说：

"此三章诗极妙，第《红楼梦》非传世小说，余闻之久矣，而终不欲一见，恐其中有碍语也。"

从永忠的诗题和瑶华的手批，可以推知：其一，所谓"非传世小说"，是指在永忠写诗以前，《红楼梦》也只是在少数知其所隐本事的亲友中私下传阅。而此时距雪芹的死已有四五年之久。

其二，瑶华所说的"碍语"，经吴恩裕先生考证，当理解为"犯'圣讳'、讽时政的语句和文章"，所以，在当时就有人认为《红楼梦》有"谤书"的成分。虽然，雪芹在书中一再声称"此书不敢干朝廷"，"虽一时有涉于世态，然而不得不叙者，但非本旨耳，阅者确记之！"但以雪芹身世为主要素材的小说，尤其是当面对风云突变的八十回后的文字，如何能避开"碍语"。作者的辩称，不过是障眼法。第三，永忠"因墨香得观红楼梦"，可知书的不易得，且他的第一首诗中，有"可恨同时不相识"句，显然，他看不到《红楼梦》，是因为他不在雪芹交游的圈子里。墨香是否亲识雪芹，并无确证，但他与二敦过从甚密，所以才能替永忠找到《红楼梦》。当然，此时《红楼梦》的名声，已渐渐传出了小圈子之外，否则何来"余闻之久矣"！

所以，由于书中的"碍语"，即便是在雪芹死后四五年，《红楼梦》仍然仅流传于小圈子之内。这个小圈子当是脂砚斋、畸笏叟等族中亲友。稍后，渐传至如敦诚、敦敏兄弟及墨香永忠辈，再次则辗转传抄，有"好事者每传抄一部，置庙市中昂其值得数十金"，至乾隆五十六年（1791 年），程伟元、高鹗推出了所谓"全璧"。

另外，从永忠的三首吊雪芹的诗来看，他看到的《红楼梦》，可能已经只是前八十回的本子了。诗的第二首中有"颦颦宝玉两情痴，儿女闺房语笑私"快乐场面的描写，并未提到如高鹗所安排的，黛玉的死恰巧是宝玉和宝钗结婚的时间这一悲惨结局，也没有提及如雪芹安排的，八十回后的种种大变故。这就证明，永忠从墨香处得到的，也只是八十回的本子。

据此，我做如下推测：即《红楼梦》后八十回的"五六稿"，或称"一大回文字"，从未传出过所谓的小圈子，当是在脂砚斋等族中亲友中传阅时，就已经被毁，原因在于避祸！

由于不可避免的后部小说文字，必然涉及政治，而雍正、乾隆两朝的文化高压，在中国的封建社会中，也是极为严酷的。著名的，如雍正朝，礼部侍郎查嗣庭在江西主持考试时，试题中有"维民所止"句，胤禛认为他故意砍掉"雍正"的头。查嗣庭自杀，但仍锉尸，所有儿子一律处斩，家属发配极边。至于乾隆朝，疯人因说疯话被处死的就有六起。其他如礼部尚书沈德潜、大理寺卿尹嘉铨，都因言获罪，或被剖棺锉尸，或被处以绞死。以曹家这样的背景，如何再承担得起"毁谤时政"的罪祸呢？因此，八十回后的文字，只能被脂砚斋、畸笏叟们"迷失"了。

瑶华"而终不欲一见"，也可见他对《红楼梦》中"碍语"的恐惧。当然，这种恐惧还来自他特殊身份，康熙死后，胤禵一家倍受残害。何况，当时看"谤书"也要跟着获罪，这也就难怪瑶华的谨小慎微了。

关于《红楼梦》八十回后文字研究的文章已经不少了，我拿了些并不新鲜的材料，重新排列，得出一个我自认为合理的推论，既想为《红楼梦》的研究存一说，同时，更想表达的，是对中国封建社会文化专制统治的愤怒。

2003.10.21.

参考书目：

《红楼研究小史续稿》，郭豫适著，上海文艺出版社 1981 年版

《红楼梦诗词曲赋评注》，蔡义江著，北京出版社 1980 年版

《胡适红楼梦研究论述全编》，胡适著，上海古籍出版社 1988 年版

《红学风雨》，杜景华著，长江文艺出版社 2002 年版

《画梁春尽落香尘》，刘心武著，中国广播电视出版社 2003 年版

《红楼梦概论》，冯其庸、李广柏著，北京图书馆出版社 2002 年版

《曹雪芹传》，周汝昌著，百花文艺出版社 2003 年版

《红楼梦评论选》，王志良主编，中国社会科学出版社 1998 年版

《红楼梦的两个世界》，余英时著，上海社会科学院出版社 2002 年版

《中国人史纲》，柏杨著，中国友谊出版公司 1998 年版

"镀金狮子"案

——关于《红楼梦》的研究

"镀金狮子"案，即 1728 年，雍正六年，接任江宁织造的隋赫德，查出被抄家的原江宁织造曹頫（一般认为曹頫即曹雪芹之父）的衙门里，藏有雍正政敌胤禟（康熙第九子）寄放的一对镀金狮子。它往往被认为是曹家被抄以及败落的直接原因。持这一观点的，有红学家周汝昌、吴恩裕、李玄伯、刘心武等人。

"塞思黑①（即胤禟）兄弟等牵连甚众，曹颙（应作頫）而代其藏金狮子，曹氏或为塞思黑党，则受宠四代之织造，忽被抄家，亦不为无因也。"（见李玄伯《曹雪芹家世考》）

"何况曹家，不但与康熙皇帝接近，而且又为胤禟存过一对镀金狮子，……虽然没有因存过雍正政敌胤禟的一对镀金狮子发生灭门之祸，但问题的严重，也可推知。"（见吴恩裕《曹雪芹生平》）

"1728 年，雍正六年，曹家终于败落，直接的原因之一，是查出曹雪芹的父亲曹頫替雍正的政敌塞思黑……藏匿了寄顿在他家的一对'本身连座共高五尺六寸'的金狮子。胤禟明明已经失势，逾制私铸的金狮子明明是一种标志着夺权野心的东西。"（见刘心武《画梁春尽落香尘》）

从上文，我们似乎可以得出结论：（一）曹家曾为胤禟私藏一对镀金狮子。（二）胤禟铸这对金狮子，似有深意。刘心武则直接表明，是"逾制"，是"标志着夺权野心"。（三）此案构成了一桩重大政治事件，导致曹家被抄、衰败。

实际究竟怎样呢？此事最早见隋赫德写给雍正的一份奏折：

"江宁织造郎中奴才隋赫德跪奏：为查明藏贮遗迹，奏闻请旨事。窃奴才查得江宁织造衙门左侧万寿庵内，有藏贮镀金狮子一对，本身连座共高五尺六寸。奴才细查原由，系塞思黑于康熙五十五年遣护卫常德到江宁铸就，后因铸得不好，交与曹頫，寄顿庙中。今奴才查出，不知原铸何意，并不敢隐匿，谨具摺奏闻。或送京呈览，或当地毁销，均乞圣裁，以便遵行。奴才不胜惶悚仰切之至。谨奏。"

从奏折中，可得出与前文完全不同的几个结论：（一）寄存的系铸得不好的金狮子。（二）胤禩铸金狮子究竟何意，隋赫德也不清楚，至少他没有看出其中的"逾制"（我甚至认为，是装饰摆件一类的东西，也未可知）。（三）至于它是否曹家被抄的原因，据笔者所查资料，所谓"镀金狮子"案，发生在雍正六年七月，而曹家被抄则是在雍正五年十二月②，因此，把它引为曹家被抄的原因，是不妥的。另外，从现有的材料来看，案发之后，曹家并未因此事引发任何严重后果。

这一材料运用的错误，在当下红学研究中，是一个较为普遍的现象。其一，材料运用欠准确，藏一对镀金狮子，与一对铸得不好的镀金狮子，其事件的性质是不同的，甚至，我以为这样的疏漏是研究者故意所为；其二，对材料的运用臆测的成分多，求证的过程少。研究者往往先有结论，然后，再寻找材料加以证明：曹家被抄是政治原因，找到的"镀金狮子"案，自然用以印证上述观点，全然不顾时序倒流、是否逾制。如多一些"小心求证"的过程，是断不会发生这样的错误的！

胡适先生在《我为什么要考证红楼梦》中，有一段著名的文字：

"科学精神在于寻求事实，寻求真理。科学态度在于撇开成见，搁起感情，只认得事实，只跟着证据走。科学方法只是'大胆的假设，小心的求证'十个字。没有证据，只可悬而不断；证据不够，只可假设，不可武断；必须等到证实之后，方才奉为定论。"

试想，我们以"只能运用我们力所能搜集的材料，参考互证，然后抽出一些比较的最近情理的结论。……处处想撇开一切先入的成见，处处存一个求证据的目的，处处尊重证据，让证据做向导，引我到相当的结论上去"③的方法，来探讨、研究《红楼梦》，是不会认为所谓"镀金狮子"案是曹家被抄及衰败的直接原因；自然不会得出秦可卿系雍正政敌之女，为曹家收养的结论；也不会断定程甲本是乾隆、和珅搞的一个大阴谋：物色合适人选，编造四十回假书，凑成全书，而且遵照《四库全书》的精神，将前八十回也偷偷加以润色。

这才是红学研究的真正方法。

至于在学术研究上哗众取宠，故做惊人语，以吸引众人视线的娱乐技法，则涉及个人品行及学术道德，另当别论。

注：
①塞思黑：雍正四年三月，雍正将其政敌，康熙第八子胤禩、第九子胤禟改名，原文为满文，音译为汉文"阿其那""塞思黑"，其中"塞思黑"为讨厌之意。
②见《关于江宁织造曹家档案史料》。
③见胡适《我为什么要考证红楼梦》。

脂批中的阶级自豪感

《红楼梦》着墨最多的，是富贵的叙述。

虽然书中浸润着衰败的哀叹，但就曹雪芹对富贵的态度，却非现代人所理解的批判或嘲讽，其实是渴慕、眷恋与追悼。小说中的富贵排场，如，秦可卿的出殡、元妃的省亲、清虚观打醮等，作者往往是极力铺陈。第六十四回，贾敬灵柩进城，有这样一段文字：

"是日，丧仪煃耀，宾客如云，自铁槛寺至宁府，夹路看的何止数万人。内中有嗟叹的，也有羡慕的，又有一等半瓶醋的读书人，说是'丧礼与其奢易莫若俭戚'的，一路纷纷议论不一。"

对发"丧礼与其奢易莫若俭戚"议论之读书人，作者讥之以"半瓶醋"，是对他们不懂得此等贵族体统的嘲讽。表现出的阶级的自豪感，不言而喻。

这种自豪感，在熟知雪芹创作意图的脂砚斋批语中，表现得尤为突出。

以脂砚斋为代表，早期《红楼梦》的读者与批者，有着与雪芹近似乃至相同的生活背景与意识形态，有着共同的"文化记忆"，即清代贵族世家的意识形态。他们对于一般文人出于想象所描摹的富贵生活，表现出强烈的反感与嘲笑。最具代表性的，即小说第三回一段著名的脂批：

"近闻一俗笑语云：一庄农人进京回家，众人问曰：'你进京去可见些个世面否？'庄人曰：'连皇帝老爷都见了。'众罕然问曰：'皇帝如何景况？'庄人曰：'皇帝左手拿一金元宝，右手拿一银元宝，马上捎着一口袋人参，行动人参不离口。一时要屙屎了，连擦屁股都用的是鹅黄缎子，所以京中掏茅厕的人都富贵无比。'试思凡稗官写富贵字眼者，悉皆庄农进京之一流也。盖此时彼实未身经目睹，所言皆在情理之外焉。"

这里，脂批想说的是，富贵并不是仅仅依靠着大量财富的堆积而成，暴发户式的炫富，只能是贻笑大方。造成这一笑话的原因，在于"未身经目睹"，所以"所言皆在情理之外焉"。

也在这一回，写到王夫人房间里的摆设，都是"半旧的青缎靠背引枕""半旧的青缎靠背坐褥""半旧的弹墨椅袱"，这里也有一段脂批：

"三字有神。此处则一色旧的，可知前正室中亦非家常之用度也。可笑近之小说中，不论何处，则曰商彝周鼎、绣幕珠帘、孔雀屏、芙蓉褥等样字眼。"

可见，真正的公侯富贵之家，绝非一味追求珠光宝气、富丽奢华的生活。

更为脂批赞叹的是，他认为以贾宝玉为叙事中心的《红楼梦》，笔笔"写尽大家"。（第十三回）

如三十八回，宝钗、湘云等请贾母赏桂花。

"贾母等都说道：'是他有兴头，须要扰他这雅兴。'"

旁有脂批云：

"若在世俗小家，则云：'你是客，在我们舍下，怎么反扰你的呢？'一何可笑！"

"世俗小家"之言行，在脂砚斋眼里"一何可笑"。

再如，第十九回，宝玉建议茗烟，去袭人家看看时，旁有脂批云：

"妙。宝玉心中早安了这着，但恐茗烟不肯引去耳。恰遇茗烟私行淫媾，为宝玉所协，故以城外引以悦其心，宝玉始悦，出往花家去。非茗烟适有罪所协，万不敢如此私引出外。别家子弟尚不敢私出，况宝玉哉，况茗烟哉。文字筍楔，细极。"

脂批点出了世家子弟不得私自外出的家规。而对非世家的缺乏礼法，脂砚斋给予了严厉的批评：

"所谓诗书世家，守礼如此。偏是暴发，骄妄自大。"（第十八回）

"近之暴发户，专讲礼法，竟不知理法。此似无礼，而礼法井井。所谓整瓶不动半瓶摇。又曰习惯成自然，真不谬也。"（第三十八回）

对于"暴发"的嘲弄，脂批还有：

"雨村等一干新荣暴发之家。"（第二回）

"此等细事时旧族大家闺中常情，今特为暴发钱奴写来作鉴。一笑。"（第二十六回）

"近之不读书暴发户，偏爱起一别号。一笑。"（第三十八回）

鄙夷中，充满了阶级自豪感。

至于，小说中的女眷，脂批也点明了皆系"世家夫人"。如第八回，贾母携众人来看戏，至晌午便回去歇息了，旁有批语：

"叙事有法。若只管看戏，便是一无见世面之暴发贫婆矣。写随便二字，兴高则往，兴败则回，方是世代封君正传。且高兴二字，又可生出多少文章。"

第七十三回，邢夫人看见傻大姐手持绣春囊，"吓得连忙死紧攥住"。脂批云：

"妙，这一'吓'字方是世家夫人之笔。"

这些文字，准确描绘了贾府这种世家大族的生活理念、生活状态。这是我们今天的读者不容易理解的地方。曹雪芹也正是站在这样的立场上，发出了对富贵丧失的巨大哀叹。

2017.4.8.

附言

我对《红楼梦》的喜爱源于《胡适红楼梦研究论述全编》（1988年8月第一版）一书。买到它，是在1999年1月23日。也是在殷先生的旧书店（当时书店好像在邢家桥南路，现在搬到了多伦路）。

之前也读过《红楼梦》，但了无兴趣，从来没读到过第五回以后。我当然晓得它是一部伟大的作品，屡屡想读上一遍，但实际只是重复着从读到放弃的过程，总有四五次。想到张爱玲九岁读《红楼梦》，且每隔数年重读一次，不同版本的细小差异，都逃不过她的眼睛，多少有些好奇。后来明白，任何人和物与你是否有缘，也是宿命，不可强求。

但我读了胡适这部书后，忽然有了阅读兴趣，尤其是《〈红楼梦〉考证》一篇，让我明白了这部书写的是什么。此后，通读全书总有四五次，断续选读真是不计其数。不同版本的《红楼梦》买了六种，最喜欢也常用的是齐鲁书社1994年版的《脂砚斋评批〈红楼梦〉》，校点者为黄霖先生。它将脂评集中于书中，有工具书的功能。一年后，2004年3月7日，偶游苏州，又看到此书，再购一册，我把两厚本书，请学校图书馆老师帮忙拆为五册装订，便于翻阅。

为更多弄懂这本书，红学家的作品大约都读了些，书橱有三排余关于红学的书。结果是越看越懂，越看越丧气。我常感叹的是，曹雪芹的脑子是怎么想的，构思出诸如神瑛侍者、绛珠仙草这类与书中人物相关的仙界人物，还有太虚幻境这类所在，并让它在人间重建为大观园……十八岁时，读英国作家毛姆的《人性的枷锁》，想，我将来也要写一部像它这样的长篇，且雄心勃勃耐心等待着。但读《红楼梦》想到的是，我大概永远也写不出这样的作品。海明威在写给友人的信中，有这样的话："真正优秀的作品，不管你读多少遍，你不知道它是怎么写成的。这是因为一切伟大的作品都有神秘之处，而这种神秘之处是分离不出来的。它继续存在着，永远有生命力。"——《红楼梦》就是这样的书。但我不绝望，不知哪里看到王朔笑着说过类似的话：万一——不小心写出一部《红楼梦》呢？莫泊桑在《论小说》中有这样一句话，我抄了小卡片，放在了书架上："只要孜孜不倦地工作，对艺术精益求精，就可能在一个头脑清醒、精力充沛、灵感丰富的日子，由于碰巧遇到一个和我们的心灵的所有倾向都十分符合的题材，写出一部不长的、唯一的、我们所能写出的最完美的作品。"

　　另外，红学评论的书读得越多，越觉得其中的奇谈怪论多，胡适、俞平伯一流人物，大约还持论严谨，有一分证据，讲一分话，有新证据，立即纠正之前错误，弄不清楚，就直接说明。俞平伯晚年就曾说："《红楼梦》越研究越糊涂，这里刚刚搞清楚，新的问题又出来了，又糊涂了。"也有如周汝昌、刘心武一类的人物，张口就来，刘心武在央视"百家讲坛"胡言乱语，创红学一支"秦学"（秦可卿），一本正经胡说八道。科学研究可以想象，但也只能停留在想象推测上。有兴趣，可看他的《画梁春尽落香尘——解读〈红楼梦〉》。滑稽的是，周汝昌先生与他一唱一和，怪论迭出，有名的有：续书是乾隆、和珅定下计策，用重金延请高鹗捉刀，将曹雪芹一生呕心沥血之作，从根本上篡改歪曲。称高鹗为民族罪人。证据呢？乾隆那么空，搞这套东西？有清一朝，文字狱绵延不绝，几与皇朝相始终，数量之多、牵连之广、杀戮之血腥，均为空前。其中以乾隆为盛，郭成康、林铁钧所著《清朝文字狱》（群众出版社1990年版）一书，列乾隆朝文字狱约一百四十个，以他在位六十一年（退位两年，仍掌实权）计，每年案件超两起，案犯大都判凌迟，对于《红楼梦》会如此吃饱饭？如此仁慈？——这类红学家都有一个共同的特点：拿了一点点类似的《红楼梦》资料，轻轻一转，就得出了他们的奇谈怪论。这也蛮有趣的。还有吴恩裕一类的人物，热衷于寻找曹雪芹的遗物、遗迹、传说等。找到稀奇古怪的东西有：脂砚斋所用的砚、曹雪芹绘乌金翅图、曹雪芹所遗书箱、曹雪芹佚著《废艺斋集稿》（关于风筝制作的一本书）……到北京香山找当地老人，说一些关于曹雪芹的传说。本意没什么不好，还是这句话，证据确凿吗？作伪太容易了，几乎没成本。当地老人距曹雪芹生活的年代两百余年，晓得些什么，我在西江湾路生活了三十余年，从来未听人说过现在的龙之梦，之前华东制药厂所在地，当年是日本人所建的六三花园，为二十世纪初所建。即便能说些什么，你怎么证明他说的是真实的？有兴趣，可看他的《曹雪芹佚著浅探》。当然，这些都是大家，不知何故，说了这些荒诞不经的话。

《红楼梦》研究中，有很多不可理解之事。如关于后四十回，大作家白先勇先生就一口咬定是曹雪芹的原著。以他的学养、创作经历，看不出后四十回文字与前八十回的差异吗？更不用说情节上的篡改了。实在不理解！

讲《红楼梦》的，我以为大约台湾蒋勋与台湾大学教授欧丽娟女士讲得不错。有段时间上下班路上，常听蒋勋的《细说红楼》，渐渐觉得节奏太慢，蒋先生占了声音好听的便宜（被林青霞称为有半粒安眠药的作用，催眠，实在不清楚是赞扬，还是玩笑），是传统式的串讲。欧丽娟教授学贯中西，读书比我多，如梅新林的《红楼梦哲学精神》、普林斯顿大学教授浦安迪等，关于《红楼梦》的一些见解，都是我第一次听到的。很多观点耳目一新，我买了梅先生的书和《浦安迪自选集》来读，觉得累，我的理论底子差，兴趣所在，也是没办法的。但也并非一无所获。

于《红楼梦》我并无创见，所写文字，也不过是整理、概括、归纳。如所选的这篇文章，观点即来自欧丽娟的讲课。她为台大大二学生开设的《红楼梦》课程，手机的 App 上可收听，我也于上下班路上，收听了数遍。写这类文字只是为自己阅读收获做记录。但做这一工作时，我还是兴致盎然的。

2024.11.26.

略说刘心武的续《红楼梦》

作家刘心武续写的《红楼梦》早已大功告成，网上先行发行，印数一百万。

刘先生"百家讲坛"上的说红楼，我是看过几集的，自然应归在索隐一派。对于续写红楼，其实早有定论：俞平伯先生的《红楼梦研究》一书中，首篇即有《论续书的不可能》一文，他说：

"从高鹗以下，百余年来，续《红楼梦》的人如此之多，但都是失败的。这必有一个原故，不是偶合的事情。……我以为凡书都不能续，不但《红楼梦》不能续；凡续书的人都失败，不但高鹗诸人失败而已。

"……所以我的野心，仅仅以考证、批评、校勘《红楼梦》而止，虽明知八十回是未完的书，高氏所续有些是错了的，但绝不希望取高鹗而代之。"

态度是清楚的，俞先生觉得做不好这工作。另外，他还说了些理由，大略有："作者有他的个性，续书人也有他的个性，万万不能融洽的"；"《红楼梦》是文学书，不是学术的论文，不能仅以面目符合为满足"；"《红楼梦》是写实的作品，如续书人没有相似的环境、性情，虽极聪明，极审慎也不能胜任。"另外，我还想补充的几条是：

一、语言的差距。这包含两方面的内容，一是时代的隔膜。语言是有时间性的，要续近三百年前古人的书，要把握他那个时代的语言是不可能的。我们现在读五四时期作家的作品，也会有种怪怪的感觉，遑论三百年前的人物。二是修养的差距。曹雪芹是文学天才，除了他的悲天悯人的大情怀、驾驭材料的大气魄之外，语言的功夫也是超一流的。举一例可证明：读完《红楼梦》前八十回，再往后看，稍有鉴别力的朋友，即便并无对曹雪芹后部书情节安排的了解，也能马上辨别出感觉上的不同。这便是文字表现力上的差异。

二、还原的不可能。其实，曹雪芹留下的所谓"前八十回中所有'草蛇灰线，伏延千里'的大、小、明、暗伏笔"，大都是粗线条的。如，小说第二十六回在"只见凤尾森森，龙吟细细"一句旁，有脂批说"与后文'落叶萧萧，寒烟漠漠'一对，可伤可叹"，一般以为是写黛玉死后潇湘馆的情况，另有七十九回脂批写黛玉是"泪尽夭亡"，但黛玉死的具体细节呢？只好乱猜了，电视剧有说是裸死的，刘心武写是沉湖的，高鹗写病死的！究竟是怎样的状况，除了叫醒曹雪芹来问一声之外，是不可知的。

三、才情的不同。曹雪芹是那个时代不世出的大天才！于诗词、园艺、医道、戏曲等无所不通。试想，当代有谁能弄通这些东西？且拿《红楼梦》里的那些诗来说，续书者大概是一首也做不出的吧！另有《红楼梦》被称为封建社会的大百科全书，"帽子"虽有些大，但称那个时代贵族阶层的百科全书不为过吧！那么，续书者对于那个时代的上层生活状况，又有多少了解呢？

但，有勇气去做续书工作，还是值得赞赏的。就像俞平伯先生晚年说高鹗对《红楼梦》还是有功的一样。只是，千万不要说"如果大家看了我的书，能够引起兴趣再去仔细读前八十回原文，这才是我真正的初衷"这一类话。因为，但凡读过《红楼梦》的人，对于续书的感觉会有正确的判断；对于没读过《红楼梦》的人来说，大概因为一本续书，而去读前八十回的可能性也不大！

附言

《红楼梦》的续书无数，最成功的，大约还是高鹗。

1986 年 11 月，俞平伯劫后重生，访问香港，有人问："有人说后四十回是高鹗续，有人说是曹著，俞老看法如何？"他答："我看是高鹗续作，后四十回文字上是很流畅的，也看不出很大的漏洞，但关键是人物的观点和内在思想明显看得出来是和前八十回不一样。但高鹗还是有功绩的，毕竟是把书续完了，而且续得不错。"

他的观点是前后期一致的。在他早期的《红楼梦研究》中，引给他好友顾颉刚的一封信，说："但续作原是件吃力不讨好的事，我也很不该责备前人。若让我们现在来续《红楼梦》，或远逊于兰墅①也说不定。……我们看高氏续书，差不多大半和原意相符，相差只在微细的地方。但是仅仅相符，我们并不能满意。我们所需要的，是活泼泼人格的表现。在这点上，兰墅可以说是完全失败。"

在他生命最后阶段，他用颤抖的手，写下这几个字：

"胡适、俞平伯是腰斩红楼梦的，有罪。程伟元、高鹗是保全红楼梦的，有功。大是大非！"

前半句，我并不全然赞同；后半句，我同意。

引上面这些话，想说的只是不要吹牛！为多卖掉几本书，胡言乱语，没什么意思。

我辈受的教育，大约是谦卑、谦卑，再谦卑。在学问上，还是有一分证据，讲一分话，没把握的，不宜随意"拉讲"。多赚几毛钱，事小，读书人，脸面，还是要的。

2014.9.

注：

① 兰墅：即高鹗（约1738—约1815），清朝文学家，字兰墅，号秋甫，别号兰墅、红楼外史。一般以为是汉军镶黄旗内务府人，是《红楼梦》首个刻印本、全璧本——程高本的两位编辑者、整理者、出版者之一。

参考书目：

《我的外祖父俞平伯》，韦奈著，上海书店出版社 1995 年 12 月版

《红楼梦研究》，俞平伯著，复旦大学出版社 2004 年 7 月版

雪芹之死

（一）

暮色渐渐降临，雪芹拄杖倚坐在儿子的墓前，仍不愿离去。

远处大片的荞麦，坟园中的白杨，在冬日的微风中摇摆着。

雪芹只有一个儿子，是前妻所遗，聪明活泼，在穷愁的生活中，儿子是他的安慰。每次外出归来，见他从屋里欢跳着跑出来迎接他，忧愁便会抛得无影无踪。

谁知，从今年春末夏初开始，北京城厢、郊区出现了痘疹，出痘原本是寻常事，但今年的病毒来势异常凶猛，竟酿成了大惨剧，直到十月，京城内外，几乎一半的儿童都感染了痘疹，而死于此病的则数以万计。

一开始，儿子皮肤上出现了疹子，发了一天热，虽然雪芹懂得医道，但还没有想到病的严重，不久，水疱和脓疱的出现，以及邻家一个孩子的死，让他惊慌起来。他知道，用犀角、黄连、人牙这些大凉以及镇惊的药物，儿子的病或可一救，可是这些贵重的药品，哪里是避居西山荒村过着"举家食粥"的雪芹所买得起的呢！

新婚半年的妻子李兰芳，看着雪芹整日抱着儿子，流着泪的样子，说：

"不如……再去求求平郡王庆恒，你毕竟是他表叔，或许……"

"我们落到这个地步，还提什么表叔不表叔呢！前些年，我们受到的疏慢和轻蔑还少吗？何况，一年前，他就不断派人来查问《石头记》，前段时间，他还派人把我叫去，索要后三十回书稿，说这是谤书！我回他，书不在我这里，借给朋友了！我估计这事情不会完——难道他会平白无故地接济我们吗？"

"他大概也是秉承了上面的意思吧。"兰芳说。

"或许吧。"

"那其他的几个亲戚呢？"

雪芹的曾祖曹玺，祖父曹寅、父亲曹頫曾任江宁织造六十年，家势赫赫扬扬，享尽荣华，李兰芳的祖父李煦是曹寅的妻兄，任苏州织造也长达三十年之久，两家均是内务府正白旗包衣人，康熙一生六次南巡，后四次都以曹家的江宁织造署为行宫，办了四次接驾大典。虽然，曹家在雍正六年和乾隆三年，两次被抄家，李家也受到牵连，但是，两家都还是有些阔亲戚的。

"还是不要再提他们了吧，我是至死也不会再上他们的门了。"雪芹抬起头，说道，"五年前，乾隆二十二年秋，敦诚就写诗赠我说，'劝君莫弹食客铗，劝君莫扣富儿门，残杯冷炙有德色，不如著书黄叶村'，他是知道我的！"

这时，原先有些昏睡的儿子忽然呻吟起来，脸上显出痛苦的神色，两人忙俯身去安抚他，好一会儿，他才又渐渐安静下来。兰芳直起身，低低说道：

"那么，去敦诚、敦敏那里问问，或许他们还有些办法，他们毕竟也是皇族啊。"

雪芹笑一声，说道：

"现在，朝廷还讲什么宗室，亲情！近的如胤禛，远的如皇太极，哪个不是为争夺皇位，手足相残！敦诚、敦敏受被顺治赐自尽的五世祖——太祖皇帝十二子英亲王阿济格的影响，也不见得比我好到哪里去。何况，我听说这次他们家也有好几个孩子染了病。"

"这样等着，也不是办法，我看，还是去找他们想想办法吧，或许儿子还……"

雪芹的前妻生下儿子后，便因病去世了。不久，兰芳与雪芹在京城意外相逢，同居后，这个孩子就一直带在她身边，孩子的第一声"妈妈"，叫的就是她。快十年了，她视如亲生，两人母子情深，看着奄奄一息的儿子，她不禁又哭泣起来。

雪芹从床边站了起来，走到兰芳面前，把她搂在胸前。兰芳不停地抽泣着。雪芹抚着她的背，也落下泪来，说：

"明天，明天一早我去城里找敦敏……"

第二天清早，天下起了雨，秋风冷彻衣衫，雪芹来到京城宣武门内的槐园——敦敏的家。他叩门等了一会儿，不见有人来开门，徘徊间，忽听有人唤他，回头看时，见是敦诚，便迎了上去，问：

"敬亭兄，你怎么一大早也来了？"

"小女芸儿和她妹妹患痘，想来和敦敏商量商量——怎么，先生也是刚到吗？"说着，他上前叩门，片刻，见门里没有动静，说道，"时间尚早，大概小弟还未起床，不如到前面的酒家，我请先生饮上几杯……"。

酒楼上，他们挑了张临窗的桌子，酒保先端上酒来，雪芹提起酒壶，便自斟自饮起来，他饮酒如狂，菜还未上齐，一壶酒就被他饮完了。敦诚并不介意，笑道：

"数月不见，先生是瘦多了！"

雪芹笑了笑。

敦诚又唤酒保，倾囊而出，酒保又拿上几壶酒。雪芹饮酒如故。敦诚道：

"先生的《石头记》后三十回，我已看完了。过几天，我让人送到你那里去。书里写到贾家被抄、宝玉出家，实在是先生血泪和成，不过，敦敏说，因书中有些碍语，且消息已传到了朝廷，好像正要追查此事，先生可要小心啊！"

"我也已听得些风声，书，我是绝对不会给他们的！我宁愿毁了它，也不会给他们的！他们做都做了，还不许别人说吗！如此赶尽杀绝，不正是他们胆怯的表现吗！"

"先生的话，我自然明白，我们兄弟的事，先生也是知道的，我何尝不是有同感呢！我敬重先生的一身傲骨！但总还是小心些为好，准备些对策，以防他们再来找你。前几天，他们已经把我的《闻笛集》也要去了，里面是我辑录朋友们的诗书文翰，当然也有很多先生的诗作书信。我估计这事不会轻易过去。"

"谢谢敬亭兄，此事我自有主意！"

酒又喝完了。敦诚带的钱不多，先前付完酒账，已是囊中空空。他知道雪芹生活的窘迫，身上不会有闲钱。踌躇间，他端起酒杯，仰头一饮而尽，此时，身上的佩刀晃动，撞在桌上，发出响声。敦诚大笑，他解下佩刀，按在桌子上，大呼酒保，说道：

"此刀暂且质押在你店中，看看可值多少钱，全数再沽酒来，予我们痛饮！"

雪芹大笑，呼道：

"痛快！痛快！"

一会儿，酒保搬来一瓮酒，雪芹打开盖，让酒保换了大碗，斟满后，与敦诚依旧一饮而尽。一时，他诗兴大发，高兴地以手拍打着桌子，大声吟出了一首诗，答谢敦诚佩刀质酒的豪壮。而后，他索来笔墨纸砚，一气而下，录在了纸上，递予敦诚。敦诚也做《佩刀质酒歌》一首作答。雪芹记得后几句是：

"我今此刀空作佩，岂是吕虔遗王祥。欲耕不能买犍犊，杀贼何能临边疆？未若一斗复一斗，令此肝肺生角芒。曹子大笑称快哉，击石作歌声琅琅。知君诗胆昔如铁，堪与刀颖交寒光。我有古剑尚在匣，一条秋水苍波凉。君才抑塞倘欲拔，不妨斫地歌王郎。"

两人不再说什么了，只是一碗接一碗地痛饮，直到瓮中酒尽。走出酒店时，天空依旧是阴暗的，雨还在淅淅地下着，湿湿的地面上贴着许多落叶。

直到从敦敏家出来，他都没有提借钱的事，因为，敦敏兄弟两家分别有五个孩子染上了痘疹，两兄弟也正为钱的事在发愁。

两天后，儿子便夭折了。死的那天，正是八月十五中秋节。雪芹哀伤不已，整日流着泪，望着躺在床上的儿子。

过了几天，雪芹借了辆牛车，把儿子送到了这里——通州张家湾曹家祖坟，葬于其生母之旁。此后，哀痛之中，他生了一场大病。稍稍好了些，他几乎每天都要到儿子的坟上坐上一整天，直到暮色降临。

（二）

"二爷，天已黑了，还是回去吧。"

雪芹听出是旧仆茗烟的声音，黑暗里微微点了点头，便挣扎着要站起来，谁知竟差点跌倒。茗烟忙上前扶住，用力把他搀了起来。他觉得腿脚无力，身子有些沉重。

"太太回来了吗？"走了几步，雪芹想到去西山家中的妻子。

"噢，我忘了，太太已经回来了。"

雪芹应了声，心里稍稍感到了些安慰。

儿子下葬后，雪芹不忍离去，一直住在守坟的茗烟所居的茅庐里。几个月过去后，他稍稍从悲痛中振作些起来。冬日来临，长夜漫漫，他又想到尚未写完的《石头记》，现在，他唯一想做的，就是快把书写完，那么他也没有什么可牵挂的了。书在父亲畸笏叟曹頫那里，他不放心。让兰芳拿来，两人可以把书写完，也可借以排遣些丧子之痛。这些年来，兰芳一直以脂砚斋之名，帮助他整理书稿，并做着评点。

茅庐就在坟地一侧的潞河边。两人稍稍加快了些步子，望见不远处的茅庐里，透出些昏黄的光来。

雪芹进到里屋，说道：

"茗烟，去拿坛南酒来，我要喝上几杯。"

茗烟扶他坐下，还未答话，兰芳从另一间屋子走了过来，端了一只碗，放在小桌上，笑道：

"哪里来的南酒？"

"是敦诚兄弟送的——前几天，他让人把《石头记》后三十回的书稿送来了，顺便送来了几坛酒，说给我留着过年喝。"这时，雪芹忽然笑一声，"他还带话来，要我千万小心！"

说话间，茗烟拉过床上的一条破毡，盖在他的膝上。雪芹又把它往身上拉了拉。

十天未见，兰芳觉得雪芹又瘦了许多，头越发显得大了。

"这两天，身体好些了吗？"

雪芹道：

"过去老祖宗在时，曾听她说'少年色嫩不坚牢，非贫即夭'，现在想她这话是对的。——噢，对了，父亲还好吗？书拿来了吗？"

"他身体还好，只是书没拿来。畸笏叟说，前段时间他又开始给书作批注，等批完后，送来，让你再做整理和修改。"兰芳停了停，又说，"他还问，后三十回借出去后，还来了没有？平郡王府又派人来问过他了，说，内廷索要，因书中多有忌讳，限他过年之前交出来，否则，仍要给他'枷号'。"

"父亲早被他们吓破了胆了——让他们找我来要书！"雪芹说道。

话音刚落，他不住地咳嗽起来，茗烟忙上前扶住他，不停地抚着他的背。

"畸笏叟说，还是把'抄没、狱神庙'诸事改了吧，免得他们说，是影射朝政，毁谤君父。"

"不能改！"雪芹道，"十三回，秦可卿之死，我听从了他的话，把可卿改为病死，删去了天香楼一节，但仍留了些'不写之写'的痕迹，若说，这是为长者讳，那后三十回如何改！贾家之败、抄家及元妃、黛玉之死都是通部书之大过节、大关键，就是要表现他们的卑鄙、肮脏，要改，还不如不写！"

兰芳知道，雪芹把这部书看得比自己的性命还重，要拿走他的书，或是改掉书中的一些内容，是要他死，也不愿做的事。但她又不想雪芹因为这事受难，何况，现在他又病又贫。

见她欲言又止，雪芹又问：

"父亲还说了什么？"

"畸笏叟说，其实改动一下并不难，贾家之败，若改成'坐吃山空'，还是容易的：贾家讲究吃喝，爱挥霍，爱摆阔架子，如此

'坐吃山空'，而后宝玉不得不'寒冬噎酸齑，雪夜披破毡'。"

雪芹喘了一口气，说道：

"分明是'树倒猢狲散'，如何改成'坐吃山空'！谁不知道雍正是怎样登上皇位的。康熙对我们曹家感情很深，称祖父曹寅为'嬷嬷兄弟'，因为曾祖母孙氏是康熙幼时的保姆之一，所以，他厚待我们曹家，被废的太子胤礽曾很受康熙的宠爱，太子服御诸物，都用黄色，一切仪注与皇上无异，国家俨然二君。自然，我们曹家与他也亲近，他两立两废，可见康熙的不得已！康熙驾崩后，我们曹家失去了庇护，第二年，胤礽不明不白地死了，雍正六年的元宵节，我们在南京的家就被抄了，随后一家被逮京问罪。说是整顿吏治，查亏空，谁不知道康熙几次南巡，我们曹、李两家，把银子花得淌海水似的，谁家会有那么多钱！不过是拿皇帝的银子往皇帝身上使罢了。雍正元年，你们李家——苏州织造府查出三十八万两的亏空，被籍没家产，曹家亏空八万五千多两。我们两家把债务应付过去后，家道因此中落，这时两家的命运已经注定，不过等待时机和由头罢了。"

雪芹歇了歇，接着说道：

"由头便是雍正五年十二月十五日，父亲骚扰驿站的事情，被罢职，过了九天，又查封了家产，正月十五日，我们家被押解至京城，田产、房屋、仆人都给了接任织造的隋赫德。"

"我祖父李煦更惨，被流放至黑龙江（打牲乌拉），那里是苦寒之地，缺衣少食，他是孤身前往的，只有佣工两人服侍年过七旬的他，两年后，便去世了。"兰芳说罢，眼圈不禁红了起来，"祖父是查出，过去曾买送婢女给雍正的死敌阿其那（胤禩），这样接二连三、牵五挂四地牵连到你们曹家。你们与废太子家仍有联系，甚至与胤禛有往来，其实，雍正的兄弟，胤禩、胤禟早在前一年就被毒死了——他登上皇位后，将与他争夺过皇位的手足兄弟，幽禁的幽禁，杀死的杀死，并且要铲除党羽，赶杀殆尽而后快！"

"我们两家是他们争夺皇位的牺牲品罢了！这就是包衣奴才的命。——我把亲身经历、亲睹亲闻的这些事，隐去真事，写成《石头记》，记下这世家大族的败落，繁华景象的消逝，还有对那些知己好友的眷恋，让人看看究竟是谁毁灭了这一切！"雪芹说着，流下泪来，"你说，这后三十回的内容可以改吗？"

兰芳不知说什么好，她不想雪芹太过激动，太过生气，便转了话题，招呼雪芹吃饭。兰芳也坐到床上，在雪芹的对面，喝起粥来。茗烟坐在床边的小凳子上，也盛了碗粥在喝。

雪芹把腿盘上床，仍旧盖好毡子。忽然，茅屋里吹进一阵冷风，窗户一阵响。兰芳忙叫茗烟关紧窗户，但仍有风钻进来。两人想找块布之类的东西遮一下，竟然一时找不到。雪芹说：

"算了吧，不要紧的。"

说着，他饮起酒来。数杯之后，他说：

"茗烟，你去把那部书稿拿来。"

兰芳抬起头，看着他，说道：

"——还是吃了饭再说吧！"

"去拿来吧。"雪芹说。

不一会儿，茗烟走了进来，把书稿递给了雪芹。

雪芹看了看，抚了几下，转过身，把几册书稿压在床头的枕下。他转过身，端起酒杯，又连饮数杯，然后，他半倾着身体，手支在几案上，自语道：

"前几日，平郡王府的长史官，又来过了，言语比先前严厉了许多。——我就是毁了，也不会交给他们的！"

兰芳看见，在几案上跳动的油灯的映照下，雪芹的脸，显出异样的神情。

他又斟上一杯酒。

（三）

第二天，雪芹醒来时，天早已大亮，几缕阳光通过窗户的缝隙透了进来。他要爬起来，但怎么也起不来。这时茗烟走了进来，一把扶住他，问：

"二爷，要起来吗？再睡一会儿吧，昨晚二爷醉得好厉害。"

"是吗，扶我起来吧！我还要到儿子的坟上去。"雪芹觉得头依旧昏沉沉的。

"吃了饭再说吧。"茗烟道。

"我不想吃。"

门口，兰芳正坐在那里洗衣服，见雪芹拄着杖，在茗烟的搀扶下走了出来，也上前扶住，说：

"今天，不要去了，在家休息休息吧——再说，过几天就要过年了，二爷何不在家画几幅画，写几幅字，让我拿出去卖了，好换些钱来过年。"

两人让雪芹在门口的椅子上坐下。雪芹说道：

"题有我名号的画，有谁敢收呢！他们早已下令那些画商、当铺不许收我的字画了！前年敦敏赠我一首诗，其中有'寻诗人去留僧舍，卖画钱来付酒家'句，他的话，原是没说错，可是……"

"二爷，那就另换名号嘛！"茗烟道。

"那还值几个钱！"雪芹笑道。

"我知道，二爷的字画当世无双，换了名号，自然钱少了许多。"兰芳笑道，"但二爷画上几幅，先过了眼前的年关再说吧！"

一年前，雪芹回绝了平郡王庆恒派人来索书的要求后不久，京城里所有的画商便都不敢再收他的画了。市面上正在出售的他的画，也被抄没。雪芹知道他们的意思。

他还是很想去儿子的坟头坐一坐，但他一点气力也没有，只得叹息一声，坐在那里，落起泪来。

这是除夕的前一天，雪芹吃过午饭，略微躺了一会儿，醒来后，觉得精神好了一些。他想起画画的事，便唤了茗烟，展纸研墨，这时，兰芳快步走了进来，说道：

"雪芹，畸笏叟来了。"

"父亲？他怎么来了！"雪芹停了笔。

迟疑间，曹𫖯拄着杖，弓着背，走了进来。茗烟忙迎上前去，说道：

"老爷来了，坐吧。"

说着，扶住曹𫖯，把他让到炕上。然后，倒了一杯水来，放在曹𫖯面前后，便退了出去。

曹𫖯看了看茗烟收到一旁的纸砚，笑着说道：

"芹儿，仍在画画啊！"

雪芹笑了笑。曹𫖯看了看屋里的情形，仍然笑道：

"芹儿，算了——其实——其实，把书稿交给他们什么算了……"

"不要说了，老爷，我不会的。"雪芹打断了他的话。

"雪芹，实话说了吧，《石头记》后三十回中，影射朝政，毁谤君父，朝廷已有所闻，已责成平郡王庆恒严查此事，前几次，他还算客气，这几日，他又接连派人上门索书，查问你的下落，语气越来越严厉。我一则推说书稿并不在我手上，另说你安葬儿子，至今未归。但此事看来甚急。实在是躲得过初一，躲不过十五，我估计，明天或者后天，平郡王府的人就会到你这里，我看，不如把书交出去吧，或者，把后半部书改了，改了后再交出去。上次，兰芳说，书还在几个朋友处传看，不知还来了没有？"

雪芹正欲说话，这时，兰芳抢先说道：

"老爷不要急，书还没有还来，上次那朋友托人来说，几个朋友借阅时，不慎迷失，雪芹正要他们查找后，快点送来呢！"

曹頫叹息，道：

"其实，我何尝不知道这书写得好啊！而后半部书我也只曾看过一回，情节曲折，高潮迭起，真实描写了那场大变故，那段时光的景象又如在了目前。真是好书啊！影射朝政，毁谤君父是实，可这毕竟也是事实呀！"

"老爷！"雪芹不禁落下泪来，说道，"老爷，你何苦去听他们的呢！我真不愿书毁在他们手里！"

"我何尝又愿意呢！但他们为达到目的，是什么事都做得出来的啊！无中生有、栽赃陷害，无所不用其极。当年，以骚扰驿站为名，我们家被抄，又要赔补历年积累的亏空，后来，仍欠银四百四十三两二钱，他们便'枷号催追'，为了这区区四百两银子，我扛了六十斤重的木枷，带罪在京，直到落下这颈椎、腰部的残疾，他们才忽发'善心'，放过了我——否则，又何来我'畸笏叟'的号呢！"曹頫又笑一声，"我知道，他们是借题发挥，杀鸡给猴看，我们家与废太子、胤禩、胤禵走得近了些，雍正登上皇位，自然要对这些曾与他争夺过皇位的兄弟们赶尽杀绝，与这些人稍走得近些的，自然就成了他严惩的对象了。胤禩曾让江宁织造府铸了一对镀金狮子，铸造过程中，有一对铸得不好，便寄在织造衙门的万寿庵里了。铸好的那对他拿走了，当时，他作为先皇的第九子，皇位极有可能传于他，他要铸一对镀金狮子，我们怎么知道他是何意！又哪里好问呢！——自然是为他铸造了。那对铸坏的狮子，扔在万寿庵里，时间久了，谁又记得呢！可抄家时，接任江宁织造隋赫德，便以铸坏的镀金狮子为证，说曹家私藏胤禵之物，企图'谋逆'，真是欲加之罪，何患无辞！我们曹家是皇帝的奴才，谁都可以来差遣我们，做得好是本分，做不好便是罪过，只要愿意，谁都可以来踩上两脚，唉！唉！现在你的书中传有'碍语'，他们岂会放过你呢！本朝的文字狱你是知道的，因言获罪，被抄家，满门抄斩的还少吗？"

"老爷是被他们吓破了胆了。"雪芹道，"我只剩这半条命，他们要，便给他们了！书我是不会给的！"

"老爷，待他们把书送来，我会让茗烟送过去的，老爷不必担心。"兰芳笑道，"雪芹不过是一时的气话，我们不会连累你的！"

"唉！唉！书是好书啊，可又有什么办法呢！又有什么办法呢！"说罢，曹頫也落下泪来，"雪芹，你要当心啊！……"

又坐了一会儿，曹頫拿起倚在床沿的杖，起身要走了。雪芹要下床，但脚刚落地，身体便摇晃起来，兰芳忙扶住他。曹頫看了，摇着头，又落下泪来，他叹息着，拄杖走了。

兰芳招呼茗烟相送，自己仍费力地把雪芹扶上了床，雪芹枯坐床头了好一会儿，然后，他拿过移在一旁的笔墨纸砚，研磨，展纸，奋力泼洒起来，不多时，一幅巨石枯竹图渐渐地呈现在纸上。他脸色微红，停笔在那里，想了想，在画的左上角，写下了四句诗：

"傲骨如君世已奇，嶙峋更见此支离，

"醉余奋扫如椽笔，写出胸中块垒时。"

然后，落款：

"录敦敏题芹圃画石 壬午冬 雪芹"

他放下笔，头上冷汗滚落下来，兰芳扶他躺下，拭去他头上的汗。雪芹叹息一声，流下泪来。兰芳也侧身，轻抹起泪来。

（四）

这夜，雪芹又大醉了一场。

第二天，吃过午饭，兰芳便进城了。临走前，兰芳笑道：

"二爷下午好好睡一觉，今天是除夕。以前曾听二爷戏言'若有人欲快睹我书不难，惟以南酒烧鸭享我，我即为之作书'，今晚，我就以烧鸭享二爷，二爷为我说书。"

雪芹笑了笑。

兰芳走了，雪芹支坐在床头，喝了半碗稀粥，又躺了一会儿，便想起身去门口坐坐，唤了茗烟，扶他到门口。坐了一些时候，便支撑不住了，只得仍唤了茗烟，扶着，躺到床上。仰在那里，伸手摸到枕下的书稿，便又落下泪来。

恍惚间，他觉得自己仍在南京家的大花厅上，老祖宗与母亲等，带着众姐妹一起看戏、吃酒。戏台上，锣鼓喧天，热闹非凡，老祖宗歪在里间的榻上，起先还哈哈地笑着，自己与众姐妹坐在一处，嬉闹说笑着，忽然，外面一阵喧闹，涌进一群兵士（番役），他们掀翻桌椅，拉着姐妹们就走，姐妹们扭头哭喊着，他大叫着，四处伸手阻拦着，但那些人视他不见，很快，大花厅上变得一片狼藉。当只剩下他一人时，回身再看坐在里间的老祖宗，只见她面无表情，神色竟像死去一般，忽然，老祖宗站了起来，说道：

"芹儿，我们也走吧！"

说罢，转身便要离去，他急得追上前去，喊着：

"老祖宗、老祖宗……"

"二爷！二爷！你醒醒啊！你醒醒啊！……"

雪芹"呃"了两声，微微地睁开了眼睛。

"二爷，做梦了吧，又梦见老祖宗了？"茗烟问。

他见雪芹脸色苍白，额上滚下汗珠来，便用衣袖轻轻拭去。他觉得，二爷的额头是冰冷的。

"二爷要不要坐起来。"

"好吧。"雪芹应了声。

冬季日短，兰芳回来时，天已微暗，由于窗户都用木板、破布遮挡着，房间里早已昏暗一片。兰芳端了壶酒，放在几案上，笑道：

"茗烟，把灯点起来吧，年夜饭，我们早些准备吧！"

茗烟把几案上的油灯点亮，灯光照红了雪芹白色的脸。他笑了笑，说：

"真有烧鸭吗？今晚，我与你共醉一场。"

"二爷少喝一些吧，等身体好些了再喝。"茗烟说。

"除夕之夜，饮酒岂能不尽兴呢，晋人刘伶乘鹿车，携一壶酒，让人荷锸相随，说'死便埋我'。现在我也以此话嘱你二人，死便埋我，葬我于儿子墓旁，我愿已足！"雪芹笑道。

"大年夜，二爷何苦说这种不吉利的话呢！"兰芳说。

忽然，门外传来马蹄声，由远及近，之后，是一阵马嘶。出门查看的茗烟跑了进来，说道：

"平郡王府的长史官又来了。"

"今天，他们还不放过我！"雪芹说道，"让我坐起来些。"

"二爷千万不要动怒，先敷衍他过了今天再说。"兰芳低低地说道。

茗烟扶起他来的时候，平郡王府的长史官已走了进来。他笑道：

"数日未见，二爷想好了没有？"

雪芹倚在床头，并不看他。兰芳笑了笑，说道：

"大人今天来访，不知有何贵干？茗烟，给大人倒茶。"

"不必了。"那长史官环顾四周，说道，"下官今日奉王命而来，还是为了二爷的那部书稿，二爷只要把书稿交出来，一切还都好商量。"

"书稿不在我这里。"雪芹道。

"二爷何苦呢！我看还是识相一点，王爷说，只要你交出书稿，他一定在皇上那里保你无事。王爷知道二爷善画，他可以保举二爷去宫里画画，皇上要是高兴，赏你个官职也未可知，二爷就不必再受这穷罪了！"那长史官笑道，"或许，还能恢复你们曹家昔日的荣耀呢！"

"奴才，我们曹家已经做够了！不想再做了！"雪芹道。

那长史官又笑一声，说道：

"二爷不要敬酒不吃吃罚酒，实不相瞒，王爷说了，这书稿交也得交，不交也得交，哪里由得了二爷你！我将王命转谕二爷，不过是想二爷是聪明人，早早交出书稿，一则让王爷在皇上面前可以交差，二则，也可免我辈来回奔波之苦，当然，二爷，你也可少受些皮肉之苦！"

雪芹浑身发抖，脸色惨白，汗珠渗了下来，他正待张口，兰芳忙上前，说道：

"大人既奉王命而来，我们自当奉命照办，但书稿的确不在我们这里，前段时间，书在几个朋友那里传看，现并不知道在哪里，过几天，我们一定把书要回来。"

"既然如此，下官也不在此叨扰了，三天！我给二爷三天期限，若下官再来拜访二爷，二爷，还交不出书稿，可别怪下官不客气了！"那长史官说道。

"那恕不相送了！"雪芹低低地说道。

"哼！"那长史官顿了顿，转身便走了。

"大人慢走。"兰芳在他身后说道。

见兰芳跟了出去，雪芹喊了声，但兰芳没有听到。他倚在床头，沉默了片刻，用力地握拳击打着床沿，油灯映照着他暗暗的脸：

"他们收了我的画，查了我的诗，现在又要索我的书，我知道，他们是要逼我就范，——我就让他们遂了愿又如何呢！"

他稍稍停了停，挣扎着直起身，道：

"茗烟，把桌子移过来些！"

茗烟应了声，正当他移了桌子，直起身时，雪芹转身，抽出枕下的那部书稿，伸向油灯。书册忽的一声，燃了起来。茗烟大惊，叫道：

"二爷，你干什么？"

说罢，他扑过去，抓住雪芹的手，想夺下书稿。但雪芹的手臂死死地钉在那里，他用尽全力，竟没有夺下来，此时，雪芹白白的脸上，泛着火的光亮，竟渐渐地露出了笑容，笑声渐渐大了起来，茗烟觉得那笑声阴森可怖，大叫：

"太太，太太快来呀！二爷在烧书！"

兰芳奔进来时，那书稿已烧了大半：

"雪芹！雪芹！……"

她扑上前时，早已泪流满面。

雪芹把书往地上一扔，火仍在"哧哧"地烧着，茗烟转身，连踩几脚，已烧了大半的书稿冒着烟气，散在地上。

兰芳抱住雪芹，流着泪，说道：

"雪芹，为什么要这样呢！为什么！——事情总还是有办法的呀！"

雪芹滚下泪来，倒在了她怀里，说道：

"现在好了——他们永远得不到这本书了！"

他笑了一声，说道：

"现在，我没有什么可牵挂的了！——来，我们过年吧！拿酒来！"

他直起身，拿过酒壶，仰头大喝了几口，酒大半倒在了嘴边，流满了衣襟。他松开手，酒壶落在床上，他仰天笑了起来，兰芳害怕极了，一时不知所措。忽然，笑声转成了呜呜的哭泣，他又无力地倚在了早已木然的兰芳身上。正当兰芳踉跄之时，茗烟上前扶住了雪芹，费力地将他轻轻地放在了床上。

兰芳为他拭去眼泪，那泪又滚了下来，他瞪着眼睛，看着兰芳，嘴里喃喃着：

"书，我把我的书……烧了！"

兰芳坐在床沿，握着他的手，也在低低地哭泣。茗烟站在一旁，垂手抹着眼泪。

雪芹昏了几次。醒来后，他看着兰芳，重复着先前的话。一次，兰芳哭着问他，要不要去请大夫，他摇了摇头。夜半，昏睡了很长时间的雪芹，忽然又睁开了眼睛，说道：

"刚才，我看到老祖宗了，她带着我儿子在大花园里玩，我站在一旁看，老祖宗问我，怎么不过去和他们一起玩。我说，我和兰芳说一声，就来！……"

兰芳呜呜地不成声。

"兰芳，兰芳……"

雪芹又唤了两声，那声音渐渐地低了下来。兰芳唤着他的名字，只见，雪芹已闭上了眼睛，片刻，两行泪水从他闭着的双眼里流了下来……

此时，远处隐约传来了阵阵的爆竹声，那是人们在迎接新年的到来……

附言

曹雪芹的生平，只适合用小说来表现，而不宜用传记的形式来记录。

理由是，就我们现在所知的曹雪芹史料，大约仅十七八首朋友的咏芹之作，另有笔记中十几处片言只语，以及脂砚斋批语中透露的一些曹家史料。所谓"曹学"，大约也只是在这些材料里兜圈子式的各执一词。拿雪芹的生卒年来说，考察诸家推论，生年即有康熙五十年、五十四年、雍正元年等十说，卒年又有乾隆二十七年壬午除夕说、二十八年癸未除夕说、二十九年甲申仲春说三种，莫衷一是。至于发现的脂砚斋所用的砚，曹雪芹佚著、手迹、图像、墓石等，引来的不过是争论，就像周汝昌先生写了厚厚的一本《恭王府与红楼梦——通往大观园之路》一样，运用资料的结论，也大部分是推想、或许，但周先生以他一贯的风格，将推论是设定为结论的。如，该书211页的注释9："曹雪芹本为宋开国名将曹彬之后，但我认为他家实又即曹操的后代。"

2000年11月29日，我读完周先生的《曹雪芹新传》，写下这样一段话："这是本奇特的传记，传主的事迹极少，大都是'或许''可能'之类的假设之词。书中大量的是传主生活时代的介绍。这实在是这位伟大小说家的悲哀！中国文学的悲哀！"

我曾请教陈永志老师："曹家这样一个大家族，资料何以这样少？"陈先生说："政治迫害是可以做到的。皇帝想做的话，有什么做不到的！"试想，作为大诗人的雪芹，除《红楼梦》中保留下的诗句，"漏网之鱼"仅两句诗，且是夹杂在与朋友的联句中。除非人为因素，要做到这点的确很难。且留有曹诗的亲友们，或许也因恐惧而相继销毁，大约才能做到这点。还有，他还是位大画家，敦敏的诗句里有"卖画钱来付酒家"（《赠曹雪芹》）。可见他的画还是值些钱的，另外，应散在各处。为什么也没有留存下来呢？大约也是上述原因吧。当然我也是推测。

傅斯年在1928年发表的《历史语言研究所工作之旨趣》中说："近代的史学只是史料学。"后来这句话被传成"历史学就是史料学",我区分不出其中的异同,但我赞同这样的观点:拿确凿的史料来说话!"曹学"可分两部分,一则为曹雪芹的生平;一则为曹雪芹与《红楼梦》的关系。只有弄清前者,才能展开后者,否则就是"无源之水"。前者,应该属于史学范畴。

我以小说的形式来表达自己的观点,束缚应该少些。我取了些可利用的材料,加上自己的想象,敷衍了这篇小说。把《红楼梦》后四十回的迷失,写成了毁于雪芹自己之手,应该是蛮有意思的一种结局。

这毕竟是年轻时的习作,现在读来有些幼稚。重写似已无这样的兴致(写这篇东西准备的工作不少,不说阅读这些书籍——当然,那时读这些文字还是兴趣极高的,把或许可用的材料进行梳理,就很费功夫),放在这里,算是对自己那段经历的一个回忆吧。

另有一想法,也一直让我不理解:关于雪芹的十七八首诗,大部分极其出色。尤其是敦敏、敦诚兄弟的诗。他们也不是什么大诗人,在有清一朝籍籍无名,借了雪芹的光,名字留了下来。莫非与雪芹唱和时,特别有感觉?录一首于后,与诸位共欣赏:

芹圃曹君霑别来已一载余矣。偶过明君琳养石斋,隔院闻高谈声,疑是曹君,急就相访,惊喜意外,因呼酒话旧事,感成长句。

清 敦敏

可知野鹤在鸡群,隔院惊呼意倍殷。

雅识我惭褚太傅,高谈君是孟参军。

秦淮旧梦人犹在，燕市悲歌酒易醺。

忽漫相逢频把袂，年来聚散感浮云。

2024.11.8—24.

后记

后记的结尾部分，通常是诸多的感谢。我想，这部分内容放在开头更恰当。

这本书的缘起，应该感谢傅星先生。一天与他闲聊，他突然说道："你其实可以去出本书。"我之前没有想过这事，不知如何作答。几个月后，我觉得这件事似可以做。于是，再与他聊起，他说："是的啊，蛮好的。"

在我文学之路上，傅星先生一直是我的引路人，在《萌芽》杂志上，他签发了我四个中短篇小说。我不是个自信的人，是他给了我继续写作的勇气和信心。

初识傅星先生，是高中时在《萌芽》上读到他的小说。那时他已是上海滩著名的青年作家了。见面则是在《萌芽》的一次活动上，当时，他是小说编辑。后来，他担任了杂志的主编，再后来，他退休了，接连写出三部"青春书写"的长篇小说：《怪鸟》《培训班》《毕业班》，其中《怪鸟》获上海作协年度作品奖，并上了全球华语长篇小说年度榜。我也最喜欢这部作品，书中弥漫着恐怖与不安。

同时，他还是位著名编剧，影视剧有《大上海屋檐下》《伴你高飞》《乐魂》等，曾获国内外各类奖项。

近年来，他重拾年轻时的爱好，从事绘画，专攻水粉、油画，因为年轻时基本功扎实，且每日努力精进，突破很快。一些画作也出现在一些画展上，并拍卖成功。我喜欢他那些欢快、厚重的作品。去年，他送我一幅新创作的油画，画面是蔚蓝天空下的沙滩。我爱那色彩和构图。现在，我把这幅画，放在了这本书里。一次聊天时，他说："自有了照相机后，谁还以画得像来评判一幅画的好坏呢。"我觉得，这话也可用在小说的创作上。

在编辑这本书的过程中，最可感谢的是为书作序的陈永志老师。陈老师是著名的郭沫若研究专家、上海外国语大学教授。他是我所在学校同年级组蔡老师的先生。我仰慕陈老师，偶尔买到他的书，便厚着脸皮登门拜访，请他签名，也会拿自己的文章请教于他。这次请陈老师作序，我想了很久，一则陈老师年岁已高，疾病缠身，二则近年来陈老师视力下降，阅读困难，犹豫再三，所以先打电话给蔡老师，蔡老师说："没事的，你让他写好了。"我再打电话给陈老师，于是便有了书前的那篇序。

为此，陈老师还通读了全书，为我调整了目录，提出了很多意见，我一一照做！内心充满了惶恐和感激。

陈老师长我三十余岁，无论是学问、年龄，都是我师长辈的人，见面却总叫我傅老师，我腼腆，不知如何让他改口。序言中称"傅勤兄"，实在不敢当，但依旧不知道如何与他提。

认识陈老师时，他已七十余，熟悉后，我每年寒暑假都会去见他，他有时会送我一本他新写的书，大部分情况下，他都会说："不写了，这是我最后一本书。"但过段时间，他仍会拿出一本新写的书给我。陈老师搞理论，写的书我大都读起来累，阅读时，我常把书上读不懂的地方圈划出来，问题记在边上，下次见时问他。陈老师不以我为愚，耐心讲给我听，我常常是听了半懂不懂。

陈老师是文艺理论大家钱谷融先生的弟子，著有《试论〈女神〉》《郭沫若思想整体观》《〈女神〉校释》等著作，近年来，他正在撰写《走近钱谷融文学思想——"现实的人及其历史发展"与"文学是人学"》等作品。我敬佩他的学术功力及奋力前进的精神。对于陈老师的著作，我不敢下一句评语。但他在学术道路上，一刻不停地思考、努力前行，为我这样的后辈树立了榜样。我希望自己能像他那样，努力于自己的工作。

书的封面，我麻烦了张新国老师。他是著名的连环画家，八十年代开始，就创作了一大批作品，如《瑞云》《徐九经升官记》等，2000年后，他创作的《小八腊子开会喽》《哚咚里哚：上海老弄堂游戏、童谣、风情录》两册，轰动一时。他也是沈宗洲老师的学生，宗洲师在时，我们似乎没见过面，先生不在了，我们成了好朋友。《小八腊子开会喽》出版时，宗洲师还在，为他作了序。我喜欢那篇不长的文字，一则，宗洲师后期的文字朴素、自然，明白如话，很有特点；一则，读它，眼前常会浮现他的神情举止，以及伏案写作的样子。想到，他对后辈，其实是一样的爱护。我也是在这篇文章里，渐渐了解张新国老师的。他长我十余岁，常拿我当小兄弟。这次，我麻烦他，他爽快地答应了。设计稿很快出来了。我不懂，跟他提各种要求，他耐心说明，做修改。有趣的是，改到最后，还是第一稿最好。实在给他添麻烦了。

张老师不仅擅长连环画创作，而且工于国画，题材涉及人物、动物、佛教等，无一不精。赠我的诸葛亮《出师表》画卷，上半部分抄录了《出师表》全文，书法精妙，下半部分是诸葛亮造像，人物栩栩如生。

关于书名，要感谢我的朋友刘悦兄。原先拟定的书名，我总觉得不满意。便把书稿发给了刘悦兄，请他帮忙想想。几天后约他喝酒，在电梯里，他脱口而出："你书稿里不是有一篇《我这样长大》吗，就用这个做书名，不是蛮好吗?"我有些恍然，于是，便有了现在这个书名。这实在是要感谢刘悦兄的。

与刘悦兄的相识，是在《萌芽》杂志社的活动上。他比我有才气，二十出头便在《萌芽》上发表小说，笔名"边锋"，近年来在《上海文学》《莽原》等杂志上，时有中短篇小说发表，笔名改为"方块"。我们相识二十余年，常在一起踢球、喝酒、聊天，彼此有着共同的梦想。

最后，还有本书的责任编辑徐曙蕾女士，感谢她的辛勤付出，以及耐烦于我的想法多。真的添麻烦了! 我们仅数面之缘，我感受到了她的做事认真、学养深厚与为人善良。

想到自己一路走来，有慈父督责，有师长爱护，也有朋友的帮助，如果没有这些支持与鼓励，我是连现在这点事也做不成的。作家林海音在《窃读记》中说:"你是吃饭长大;读书长大;也是在爱里长大的!"是的，这话是不错的，于我尤其如此。

年龄渐长，泪水渐多，驱车回家途中，每每想到这些，常常不禁流下泪来……

关于这本书，我想说的并不多，这大都是十余年来的文字累积，刘悦兄的书名，为它的内容做了很好归纳。我在写作中能做到的，大约只是真实表达，真情表达。能写的，不能写的，我都写出来了。就像海明威说的"如果写的统统是美的东西，你不会相信"。并不为阅读到它的朋友，能真实地了解我，只是为能真实地表达自我。卡佛说:"我只想尽我所能写好、写真实。"——我尽力了。

陈永志老师在序中说，这是一本"自传性"的散文集。我在编这本书时，想到是起源于二十世纪二十年代的日本"私小说"

（我当然也知道，我写的并不是小说），但在断续写作这些文字的十余年里，我并未想到过"自传"这两个字，只是如上节所讲，表达自己的真实感情——这也是蛮有趣的一件事，或许能分析出我是怎样的人。

台湾大学欧丽娟教授在讲到《红楼梦》自传性质时，说了大意是这样的话：自传体写作的冲动，其实都是与一种忏悔式的迫切感觉有关，所以，写自传的背后冲动就是忏悔。自我忏悔构成写作的原动力，也是自我救赎的契机。——我是在写自传吗？如果是，真的是出于这样的原因吗？我很难回答。

关于往事，我喜欢普希金的那句诗："那逝去了的，就会成为亲切的怀念。"的确，相比伤感，我更喜欢温暖！

在感激的情绪中，写下了上面的文字。还想说的是，我是个有梦想的人。本月19日，西班牙网坛巨星拉菲尔·纳达尔退役。这位二十二次大满贯冠军、二百零九周排名世界第一、奥运男单冠军、率西班牙队五夺戴维斯杯冠军的传奇选手，在告别演讲中，他说："我是一个追随梦想的孩子。"这是句我喜欢的话。接下来，他说道："我希望被记住我是一个好人，一位追随梦想的孩子，实现了超出自己想象的成就。"是的，我也想有一天，我能说出这句谦卑而又自豪的话。

2024.11.5.
11.21. 又改。

图书在版编目（CIP）数据

我这样长大 / 傅勤著 . -- 上海 ：文汇出版社，
2025. 5. -- ISBN 978-7-5496-4479-7

Ⅰ. I267. 1

中国国家版本馆 CIP 数据核字第 2025EQ2928 号

我这样长大

著　者　傅　勤
责任编辑　徐曙蕾
封面设计　张新国
装帧设计　董红红

出版发行　ᴹ 文匯出版社
　　　　　上海市威海路 755 号
　　　　　（邮政编码 200041）
照　　排　南京理工出版信息技术有限公司
印刷装订　上海颛辉印刷厂有限公司
版　　次　2025 年 5 月第 1 版
印　　次　2025 年 5 月第 1 次印刷
开　　本　890×1240　1/32
字　　数　190 千（插页 16）
印　　张　8.375

ISBN 978–7–5496–4479–7
定　　价　42.00 元